KB146700

당신을 바꿀

138가지 놀라운 이야기

당신을 바꿀

138가지 놀라운 이야기

초판 1쇄 | 2016년 6월 20일

지은이 | 박성재
펴낸이 | 유동범
펴낸곳 | 도서출판 토파즈

출판등록 | 2006년 6월 26일 제313-2006-000137호
주 소 | 경기도 고양시 덕양구 행신동 746-7번지 써니빌 102호
전 화 | 02-323-8105
팩 스 | 02-323-8109
이메일 | topazbook@hanmail.net

ISBN 978-89-92512-49-7 (03840)

잘못 만들어진 책은 구입처에서 교환해드립니다.

Topaz Storybook
02

당신을 바꿀 138가지 놀라운 이야기

박성재 지음

토파즈

결코 절망하지 않는 사람들을 위한 우화

바야흐로 희망을 말하기가 점점 더 버거워지고 있다. 한창 꿈을 키워야 할 청년들은 일자리를 구하지 못해 사회에 진입하기가 힘들고, 중년들도 구조조정의 칼날 앞에 위태롭다. 노년들 역시 인생을 향유하기는커녕 재취업과 불안한 자영업자로 내몰리고 있다.
첨단 디지털 세상에서 생활이 편리해지고 손안의 터치로 전 지구적 정보가 쏟아져 들어오는 세상이지만 우리는 더욱 소외되고 살아가기 힘들다. 땀 흘려 얻고 싶은 보람과 긍지, 노동의 가치, 소박하게나마 누리고 싶었던 평화와 즐거움은 어디로 가버린 걸까? 아무리 빠른 초고속 인터넷과 솔루션을 갖추었다 해도 실어 나를 콘텐츠가 없다면 부질없듯이, 숫자놀음상 나라가 발전하고 통계가 좋아져도 사람이 보이지 않는다면 무슨 소용이겠는가!
비록 출구가 보이지 않는 현실이지만, 인류의 역사는 전진하며 퇴행하지 않는다고 하지 않던가. 단지 내일은 더 나아지겠지, 희망이 보이겠지 하는 긍정적인 마음만 위안 삼을 뿐이다. 문제는 우리의 마음이다. 물질 만능과 속도전에 지쳐 황폐해진 마음은 금세 회복되지 않는다.

이 책에는 깨소금 같은 138가지의 짧은 이야기가 실려 있다. 어디선가 한 번쯤 들어봄직한 소소한 읽을거리를 통해 세상을 살아가는 데 꼭 필요한 용기와 인내, 지혜 등을 일깨울 수 있다. 어느 페이지든 부담 없이 펼쳐 읽다가 자신의 진면목을 비춰주는 투명한 거울을 발견할지도 모르겠다.

살기 힘든 이즈음에 새삼 우화를 모아 선보이는 것은 이쯤에서 그만 멈추자는 것도 아니요, 경쟁 대열에서 이탈하거나 뒤처져서 한담이나 즐기자는 것은 아니다. 한없이 치열해지는 세상에서 낙오하지 않고 꿋꿋이 살아남으려면 무엇보다 뒷심이 필요하다. 한 템포 늦춘다고 다른 사람보다 뒤처지는 건 아니다. 한 호흡 쉬면서 지나온 길을 되돌아보고 마음의 용기를 충전한 뒤 신발 끈을 고쳐 매는 것이다. 그러면 남들보다 훨씬 더 멀리 뛸 수 있는 힘을 갖게 된다.

무한 경쟁을 요구하는 이 시대의 탈출구는 한없이 비좁아 보인다. 양동이 안의 가재처럼 버둥거리며 서로 딛고 벗어나려 안달하지만 결국엔 그 틀에서 벗어나지 못하는 현실처럼……. 그러나 절대 포기하지 말고 고군분투해야 한다.

그리고 명심해야 한다. 우리는 자신과 가족을 위해, 보다 나은 삶을 위해 끊임없이 '앞으로 내달리면서' 끝없이 '돈을 벌다가' 도 반드시 '돌아설 때' 를 잘 파악해야 한다. 왜냐하면 당신의 가족과 친구들은 당신이 장렬하게 '전사' 하기를 원하는 것이 아니라 무사히 복귀하기를 고대하고 있으므로!

Contents

2 어떻게 살아갈 것인가

3 사랑, 그 달콤쌉싸름한 즐거움

4 마음의 문을 열다

행복은 어디서 오는가

잘못 연 창문

한 소녀의 애지중지하던 강아지가 불의의 사고로 죽었다.
소녀의 부모는 불쌍한 강아지를 정원 한쪽에 묻어주기로 했고, 소녀는 거실 창가에 달라붙어 그 모습을 지켜보며 하염없이 눈물을 흘렸다.
그러자 보다 못한 할아버지가 손녀를 다른 쪽 창가로 데려가, 때마침 꽃망울을 활짝 터뜨리고 있는 5월의 장미 화단을 보여주었다. 그제야 소녀의 얼굴에서 슬픔이 자취를 감추고 금세 명랑해졌다. 할아버지가 손녀딸의 머리를 쓰다듬으며 말했다.
"얘야, 방금 전에 넌 창문을 잘못 연 거야."

***

살아가면서 우리도 종종 '창문'을 잘못 여는 경우가 있다. 어느 날 갑자기 까닭도 없이 마음이 우울하고 막막해질 때 잘 생각해보라. 스스로 어떤 창을 잘못 열고 있는 것이 아닌가를.

길을 묻는 청년

한 청년이 부지런히 길을 가고 있었다.

청년은 알 수가 없었다. 그 길을 앞으로 얼마나 더 가야 하는지, 그 끝은 어디인지, 또 도중에 무엇을 만나게 될지……. 출발한 지 얼마 되지 않아 청년은 마주 오는 사람들을 붙들고 물어보기 시작했다.

청년이 맨 처음 만난 사람은 백발이 성성한 노인이었다.

"어르신, 곧장 앞으로 가면 뭐가 있죠?"

노인이 대답했다.

"가봐야 죽음뿐이라네."

청년은 조금 더 걸어갔고, 이번에는 한 소녀를 만났다.

"애, 앞에 뭐가 있니?"

소녀가 미소 지으며 대답했다.

"온통 향기로운 꽃 천지예요!"

계속 나아가던 청년이 이번에는 심약한 사람을 만났다.

“왜 그렇게 떨고 있어요? 앞에 무슨 일이라도?”

심약한 사람이 눈물까지 흘리며 대답했다.

“너무 무서워! 독사와 호랑이, 온갖 맹수가……!”

그 말을 들은 청년은 다리의 힘이 쑥 빠졌지만 그래도 용기를 냈다.

맨 마지막으로, 크게 성공한 사람이 걸어오고 있었다.

“이 길 끝엔 뭐가 있죠?”

그가 대답했다.

“뭐 특별할 건 없다네!”

그 말을 듣고 난 청년은 우뚝 발걸음을 멈추고 오랫동안 고민에 빠졌다. 계속해서 그 길을 가야 할지, 아니면 포기하고 돌아서야 할지 망설여졌던 것이다…….

***

세상에서 중요한 업적 중 대부분은 희망이 전혀 보이지 않을 것 같은 때에도 끊임없이 도전한 사람들이 이룬 것이다. 가보지 않고 어떻게 알겠는가? 누가 뭐라고 해도 갈 길을 가라.

사자 문신

자기 등에다 멋진 사자 문신을 새겨 넣고 싶었던 사람이 이름난 문신장이를 찾아갔다.

문신장이가 바늘로 그 사람의 등에 문신을 찍어나가자 그가 끙끙대며 신음 소리를 냈다.

"당신, 날 죽일 참이오? 지금 대체 사자의 어딜 그리고 있소?"

문신장이가 대답했다.

"지금 사자의 꼬리를 놓고 있습니다만."

그가 소리쳤다.

"그럼 그놈의 꼬리를 떼버리시오."

문신장이가 다시 일을 시작했고, 그 사람이 또다시 끙끙거렸다.

"지금은 사자의 어디를 그리고 있소? 아파서 참을 수가 없구려."

"사자의 귀를 놓고 있소."

그가 숨을 헐떡거리며 말했다.

"그럼 귀 없는 사자를 그리시오."

문신장이는 다시 귀 없는 사자를 그리기 시작했다. 그런데 바늘이 살갗에 닿자마자 그가 또다시 몸을 움츠렸다.

"이번엔 어디요?"

문신장이가 신경질적으로 말했다.

"좀 참으시오. 사자의 배요."

그가 소리쳤다.

"난 배 있는 사자는 원치 않소!"

그러자 화가 머리끝까지 치민 문신장이가 바늘을 내던지며 말했다.

"꼬리도 귀도 없고, 배도 없는 사자라니! 대체 그런 걸 어떻게 그린단 말이오? 아마 신을 불러와도 못할 것이오!"

***

시작과 창조의 모든 행동에 한 가지 기본적인 진리가 있다. 그것은 우리가 진정으로 하겠다는 결단을 내린 순간, 그때부터 하늘도 움직이기 시작한다는 것이다.

_토머스 에디슨

결정적인 한마디

유명한 스파르타 전사에게 누군가가 물어보았다.

"당신의 일생 동안 가장 잊을 수 없고, 운명을 좌우하게 된 결정적인 계기는 무엇입니까?"

"그건 내 어머니의 말씀 한마디였소."

전사가 말을 이었다.

"나는 열여덟 살 때부터 검술을 배우기 시작했소. 그런데 검을 휘둘러 상대방을 찌르기도 전에 상대방의 검이 먼저 내 가슴에 와닿았소. 나는 검이 너무 짧아서 그렇다고 한탄했지. 그런데 그날 저녁 내 어머니는 이렇게 말씀하시는 것이었소."

"어떻게요?"

"아들아, 그게 아니란다. 네가 한 발짝만 더 나아갔어도 상대방보다 먼저 찌를 수 있었을 것 아니냐?"

***

세상을 한탄하지 말라. 운명은 이미 내 손에 쥐어져 있는 것이므로!

노인과 운명

임종을 앞둔 노인이 자신의 과거를 회상하며 아쉬운 듯 한탄했다.

"운명이란 정말 편견이 너무 심해. 다른 사람들한텐 그렇게 좋은 운을 주고 나한텐 겨우 이런 운명을 주다니……!"

그러자 노인의 운명이 항의했다.

"탓하려면 당신 자신이나 탓하세요."

노인이 눈을 치켜떴다.

"엉? 그건 무슨 소립니까?"

운명이 말했다.

"우리 운명들은 한 사람이 태어날 때마다 그 사람이 하나하나 선택해주기를 기다립니다. 당신이 부러워하는 그 사람들 모두 스스로 우릴 선택해간 사람들이고요. 지금 날 원망한다고요? 오히려 내가 당신을 원망하고 있다고요!"

"……?"

"나만 운이 나쁘잖아요! 당신을 기다리던 그 좋은 운들은 당신이 선택하지 않으니까 어쩔 수 없이 나를…… 이 운 나쁜 놈을 파견하여 당신의 일생과 동반하게 했단 말이에요! 당신이 처음부터 그 좋은 운들 가운데 선택했더라면 나도 고생스레 당신의 뒤를 졸졸 따라다닐 필요가 없었다고요!"

***

운명이란 자기 스스로 만들어나가는 것. 어서 빨리 자신의 운명을 선택하라. 그러지 않으면 운명이 나를 선택하여 뒤따라온다.

두 번째는 없다

아이들을 인솔하여 학교 근처의 사과농장을 찾은 선생님이 말했다.

"너희들 각자 과수원을 가로질러가면서 보기에 가장 크고 먹음직스런 사과를 하나씩 따도록 하거라. 두 번째 선택이란 없는 거니까 절대 뒷걸음질 쳐서는 안 된다."

선생님의 신호와 함께 아이들이 출발했다. 아이들은 나무마다 주렁주렁 매달린 사과들을 살펴보며 열심히 저마다의 안목으로 사과를 선택해나갔다.

아이들이 농장 저쪽 끝에 이르렀을 때 선생님은 이미 그곳에 와 있었다.

"어때, 각자 마음에 드는 사과를 땄니?"

선생님의 질문에 한 아이가 말했다.

"선생님, 다시 한 번 선택할 수 있게 해주세요! 처음에 아주 크고 빨간 사과를 보았는데요, 그것보다 더 크고 먹음직한 걸 고르려고 여기까지 왔는데 지금에야 처음 본 그게 가장 크고 좋다는 걸 알았어요."

뒤이어 다른 아이들도 다시 한 번 선택할 수 있게 해달라고 졸랐다.

그러나 선생님은 힘껏 머리를 가로저었다.

"얘들아, 아까 선생님이 분명히 말했잖니! 두 번째 선택이란 없는 거란다. 그게 바로 인생이라는 거야."

***

누구도 인생을 두 번 살 수는 없다. 눈앞에 마음에 드는 과일이 보이면 그 즉시 따야 한다.

사랑도 사업도 마찬가지다. 망설이지 말고, 허상을 좇지 말고, 매 순간마다 현실을 직시하고 충실히 살아야 한다.

행복은 눈앞에 있다

늙은 말이 어린 망아지를 돌보며 살고 있었다.

하루는 늙은 말이 망아지를 데리고 넓은 초원으로 갔는데, 맑은 물이 흐르고 들꽃이 피어 있었으며 싱그러운 초원이 끝없이 펼쳐져 있었다. 망아지는 그곳에서 신나게 풀을 뜯었고 초지 위를 뛰놀며 마냥 행복해했다. 한동안 그렇게 평화로운 나날이 이어지자 망아지는 점점 살이 쪘고 게을러졌다. 단조로운 일상이 무료해졌고 부족할 것 없는 초원에도 싫증이 났다. 그래서 늙은 말에게 말했다.

"할아버지, 요즘 들어 컨디션이 나쁜 게 아마도 이곳이 안 좋은가 봐요. 풀도 맛이 없고 공기도 탁하게 느껴져요."

"그러냐?"

"예, 빨리 여길 벗어나지 않으면 질식해버릴 것 같아요."

망아지의 하소연을 듣고 난 늙은 말은 깜짝 놀라는 표정을 지었다.

"안 되지! 우리 귀여운 손자가 그렇다면 당장 여길 떠나자꾸나!"

그들은 즉시 새로운 터전을 찾아 그 초원을 떠났다. 모처럼 여행길에 오르자 망아지는 신이 났지만, 늙은 말은 썩 내키지는 않은 표정으로 묵묵히 앞서 걷기만 했다.

얼마 후 그들은 어느 황량한 골짜기에 도착했다. 그곳엔 허기를 달래줄 억새풀조차 없었지만, 이미 날이 어두워져 어쩔 수 없이 그곳에서 하룻밤을 지내야 했다.

이튿날 그들은 거의 탈진하기 직전이 되어서야 가시넝쿨을 찾아 겨우 허기진 배를 달랬다. 그런 식으로 또 이틀이 지나자 망아지는 이제 걸을 힘조차 없었다. 늙은 말은 속으로 생각했다.

'이만하면 녀석이 정신을 차렸겠지……?'

할아버지는 손자에게 교훈을 일깨우려고 일부러 그런 골짜기로 데려갔던 것이다. 그날 밤 늙은 말은 지친 손자를 부축하여 처음의 그 초원으로 데려갔고, 철없는 망아지는 정신없이 풀을 뜯어 먹었다.

"우와! 여기 최고예요!"

망아지는 기쁜 나머지 껑충껑충 뛰었다.

"할아버지! 여기가 어딘데 이렇게 멋진 초지가 있는 거죠? 이제 더 이상 헤매지 말아요. 어딜 가도 이만한 데는 없을 거예요!"

"그러냐?"

이튿날 날이 밝자 망아지는 그제야 모든 것을 알 수 있었다. 간밤에 그렇게 좋아라 했던 곳이 사실은 며칠 전에 지겹다며 버리고 떠난 그 초원임을!

창피해서 고개도 들지 못하는 어린 손자에게 늙은 말이 조용히 일러주었다.

"찾아본들 여기보다 나은 곳이 없잖니? 그러니 얘야, 명심하거라. 행복은 그렇게 멀리 있는 것이 아니란다. 바로 우리 눈앞에 있는 것이지."

***

우리는 왜 사랑하는 사람이 떠난 뒤에야 그 소중함을 깨닫고, 왜 부모가 세상을 떠난 후에야 그 부재를 실감하며 후회하는가! 늘 그곳에 있어서 고마움을 실감할 수 없는 공기처럼, 지금 내 주변을 둘러싸고 있는 행복의 요소들을 하나하나 음미해보라.

포기하지 않을 용기

한 초등학생이 처음으로 수백 명의 학생과 학부모들 앞에서 웅변을 하게 되었다. 그런데 너무 긴장한 나머지 도중에 외운 구절을 까먹었고, 그 바람에 한동안 어쩔 줄 모르고 서 있다가 무대 뒤 선생님이 힌트를 줘서 겨우 끝마칠 수 있었다. 무대에서 내려온 아이는 창피해서 고개를 들지 못했고, 아이의 부모도 미안한 마음에 어쩔 줄 몰라 했다.

"죄송합니다. 우리 아이가 선생님을 난처하게 해드려서……."

선생님이 말했다.

"그런 말씀 마세요. 절 난처하게 한 건 없답니다."

"아이가 실수해서 행사를 망쳤는데도요?"

"아뇨! 전 오히려 오늘 아이한테서 가장 소중한 것을 발견했어요."

"?"

선생님이 아이의 머리를 쓰다듬어주며 말했다.

"이 아이 입장에서 한번 생각해보세요. 수백 명이나 되는 청중 앞에서, 그것도 한 번 실패하고도 끝까지 마무리하려면 얼마나 많은 용기가 필요할까요? 사실 아이한테는 포기하는 게 더 쉬웠을 거예요. 하지만 끝까지 해냈잖아요! 이런 일은 우리 어른들한테도 참 힘든 일일 겁니다."

선생님의 격려에 의기소침해 있던 아이는 곧 용기를 되찾았고, 훗날 성장하여 저명한 연설가가 되었다.

***

하루 일과를 시작하면서 당신은 어떤 자세로 임하는가? 혹시 자신도 모르는 잠재의식 속에 두려움 같은 것이 스며 있지 않은가? '오늘 나한테 무슨 일이 생길지 모르겠어'라는 불안감이 얼굴에 서려 있지 않은가? 가장 중요한 '용기'를 챙기지 못한 채 집을 나서고 있는 건 아닌지……?

명심하라. 용기를 잃지 않는 사람이 패배를 모르는 법이다.

마법의 솥

남의 땅을 빌려 소작하는 농부가 밭에서 커다란 솥단지를 발견했다. 뜻밖의 물건을 얻은 농부는 기쁜 마음으로 그 솥을 집으로 가져가 부엌 한구석에 놓아두었다.
그런데 우연히 양파 한 알이 솥 안에 떨어졌고, 농부가 손을 뻗어 그 양파를 꺼냈다. 그러고 나서 농부가 솥 안을 들여다보았는데, 이상하게도 똑같은 양파가 하나 더 있는 것이었다!
고개를 갸웃거리며 농부가 두 번째 양파를 꺼내자 이번에도 솥 안에 똑같은 양파가 하나 남아 있었다. 신기하게 여긴 농부는 솥 안에 이것저것을 넣어보았는데, 그럴 때마다 솥에는 넣은 것과 똑같은 것이 하나씩 들어 있었다. 그것이 마법의 솥임을 알아차린 농부는 뛸 듯이 기뻐했다.
얼마 후 이 소식을 들은 땅 주인은 솥단지를 발견한 곳이 자기 땅이라는 점을 내세우며 그 솥단지의 소유권을 주장했다. 농부도 호락호락 물러서지 않았다. 이미 돈을 지불하고 땅을 임대한 만큼 그 땅에서 나는 모든 것은 자신의 소유라고 주장한 것이다. 결국 두 사람은 말다툼을 하다가 주먹다짐까지 벌이게 되었다.

이런 상황이 엉뚱하게도 어부지리로 변했다. 두 사람이 싸운다는 소식을 듣고 출동한 법관의 아들이 판결이 내려질 때까지 보관하겠다면서 그 솥을 압수해간 것이다.

보물을 손에 넣은 법관의 아들은 마법의 솥에 금화 한 줌을 집어넣어보았다. 그러자 솥 안에서 그만큼의 금화가 다시 생겨났다. 솥이 금화를 만들어내는 것을 확인한 그는 끊임없이 금화를 넣고 꺼내면서 환호성을 질렀다.

얼마 후 집에 돌아온 법관은 금화를 쓸어 모으고 있는 아들을 보고 호통을 쳤다.

"네가 무슨 권리로 남의 재물을 빼앗아온 것이냐? 집안의 명예를 더럽힌 못난 놈 같으니라고!"

아들이 자초지종을 설명해주었고, 신기한 솥의 마법을 눈으로 확인한 법관은 아들과 함께 신나게 금화를 만들어내기 시작했다.

그러던 중에 점점 쌓여가는 금화를 보고 흥분을 금치 못하던 법관이 그만 발을 헛디디는 바람에 솥단지에 빠져버렸다.

"아들아, 나 좀 꺼내다오!"

"아버지, 잠시만 기다리세요!"

아들이 손을 뻗어 솥에 빠진 법관을 꺼내주었다. 그런데 솥 안에서 또 다른 법관이 소리를 지르고 있었다.

"아들아, 나 좀 꺼내다오!"

아들이 두 번째 법관을 꺼냈지만, 솥 안에서 여전히 똑같은 법관이 소리를 지르고 있었다.

"아들아, 나 좀 꺼내다오!"

법관의 아들은 그제야 자신이 평생토록 솥 안에서 절규하는 아버지를 꺼내야 하는 운명에 처했음을 깨달았다.

***

때에 따라서는 과감한 결단이 필요하다. 잘못된 상황 앞에서는 용기 있게 "이제 그만!" 하고 외칠 수 있어야 한다. 그러지 않으면 평생토록 낡은 굴레에서 벗어날 수 없다.

크리스마스트리와 일루미네이션

크리스마스가 되자 거리는 현란한 크리스마스트리와 네온 간판 등으로 불빛 바다를 이루었다. 수많은 인파가 활보하는 길 양쪽 가로수에도 오색찬란한 일루미네이션이 아름답게 빛났다.

그런데 방금 전 친구들과 함께 화려한 송년회를 벌이고 난 루이스는 기분이 몹시 우울했다. 사실 그는 반년 전에 이미 사업에 실패했다. 하지만 애써 그런 상황을 감춘 채 호화롭게 생활했다. 고급 승용차에 돈을 뿌리고 다녔다. 이제 진탕 먹고 마시던 친구들도 돌아갔고, 그는 완전히 거덜이 나버렸다.

거리를 헤매던 루이스의 발걸음이 어느새 어릴 적 소꿉친구 토미의 집으로 향하고 있었다. 루이스가 한창 잘나갈 땐 까마득히 잊고 지낸 친구였다. 뜻밖에도 토미의 가족은 루이스를 반갑게 맞아주었다.

"어서 오게, 루이스! 메리 크리스마스!"

잠시 뒤, 감정이 격해진 루이스가 토미에게 말했다.

"토미, 자네가 날 이렇게 반갑게 맞아주리라곤 생각지도 못했네. 정말 면목 없네. 난 내가 파산을 선언하면 누구도 날 다시는 쳐다보지 않을 거란 사실을 잘 알고 있지. 거리의 저 일루미네이션 걸린 가로수들처럼 말일세. 일루미네이션을 거둬들이면 누가 나무를 쳐다보겠나……."

토미가 말없이 거실의 크리스마스트리 앞으로 루이스를 이끌었다.

"이 반짝이는 일루미네이션은 아주 현란하고 아름다워 보이지만, 소나무 입장에서 보면 별 도움이 안 될 뿐더러 오히려 부담스럽기만 하지. 일루미네이션의 칭얼거림을 참아내야 하고, 밤낮으로 번쩍거리는 바람에 휴식도 취할 수 없을 거야. 그러다 보면 결국엔 부대낌에 시달려 말라죽고 말 테지. 이 친구야, 실패는 아무것도 아닐세. 쓸데없는 허영심 따윈 버리고 기운을 되찾아서 다시 시작해야지!"

루이스는 토미의 충고를 진심으로 받아들였다. 모든 사치와 낭비벽을 버리고 작은 것부터 다시 시작하여 착실하게 실적을 다졌다. 5년이 지나 재기에 성공한 그는 주위 사람들로부터 부러움을 한몸에 받았다.

한편 루이스는 매년 크리스마스가 돌아올 때마다 직원들에게 크리스마스트리에 일루미네이션을 걸지 말라고 신신당부했다.

***

겉으로 현란한 장식을 한 몸 가득 걸쳤다 한들 자기 것이 아니면 무슨 소용인가!

명궁의 장식

옛날에 한 사람이 귀한 활을 얻었는데, 단단하고 탄력이 뛰어나 사정거리가 아주 좋은데다 화살을 쏠 때마다 백발백중이었다. 그는 그 활을 보배처럼 여기면서도 이렇게 생각했다.

'한 가지 아쉬운 점은 생김새가 너무 투박하다는 거지. 아무런 장식이 없잖아? 그래, 조금만 손을 보면 아주 멋진 명궁이 되겠어!'

그는 즉시 고명한 조각가를 찾아가 장식을 부탁했고, 조각가는 매우 공을 들여 그 활에 수렵도를 새겨주었다. 활에 수렵도만큼 어울리는 문양도 없으니까. 활을 받아든 그의 얼굴이 환해졌다.

'그래, 이 정도의 장식이 있어야 명궁이라고 할 수 있지!'

그러면서 자랑스럽게 활시위를 힘껏 당겨보았는데 '툭!' 하는 소리와 함께 활이 두 동강 나고 말았다.

***

언뜻 보기에는 화려한 꽃무늬 장식들이 치명상을 감추고 있다. 실속을 채우려면 겉멋을 부리지 말아야 한다.

세 가지 충고

사냥꾼에게 사로잡힌 앵무새 한 마리가 애원하며 말했다.

"절 놓아주세요. 그러면 제가 인생에 꼭 필요한 세 가지 충고를 해 드릴게요."

"음, 솔깃한 제안하긴 한데, 네가 먼저 알려주면 놓아주지. 약속하마."

앵무새가 세 가지 충고를 일러주었다. 그 첫 번째는 '일을 한 다음에는 후회하지 말라', 두 번째는 '누가 뭐라고 하든 그 말이 불가능하다고 생각되면 절대 믿지 말라', 세 번째는 '오르지 못할 나무는 오르지 말라'였다.

사냥꾼은 약속대로 앵무새를 놓아주었다. 그러자 새는 포르릉 날아서 커다란 나무 위에 내려앉더니 사냥꾼을 놀려댔다.

"당신 참 바보로군요. 내 입안에 엄청나게 큰 진주가 감춰져 있는 것도 모르니 말이에요."

그 말에 아차 싶었던 사냥꾼은 다시 그 새를 붙잡으려고 나무 위로 기어오르기 시작했다. 하지만 채 절반도 못 올라가서 미끄러지는 바람에 다리가 부러지고 말았다.

앵무새가 혀를 차며 말했다.

"멍청이! 그새 내 충고를 까먹었군요. 첫 번째, 일을 한 다음에는 후회하지 말라고 했잖아요? 그런데 당신은 날 놓아준 걸 후회했어요. 둘째, 누가 뭐라고 하든 그 말이 불가능하다고 생각되면 믿지 말라고 했잖아요? 그런데 당신은 내 요 작은 입안에 정말 그렇게 큰 진주가 있다고 믿은 거예요. 셋째, 오르지 못할 나무는 오르지 말라고 했잖아요? 그런데 당신은 날 붙잡으려고 나무를 기어오르다가 결국엔 떨어져서 다리가 부러졌지요."

말을 마친 새는 콧노래를 부르며 날아가버렸다.

***

실수야말로 인간을 가장 인간적으로 보이게 한다. 그러나 실수를 스스로 시인하는 것처럼 힘든 일도 없으며, 똑같은 실수를 되풀이하여 조롱거리가 되는 것처럼 치욕적인 일도 없다.

이상한 샘물

어느 도시의 작은 마을에 샘물이 하나 있었는데, 그 물만 마시면 멀쩡한 사람도 바보가 되어버렸다. 우연히 그 사실을 알게 된 도시의 괴짜가 이런 생각을 떠올렸다.

'마을의 샘물을 도시 전체로 끌어들여 사람들 모두 마시게 하면 다들 바보가 되겠지? 그러면 이 도시에서 나 혼자만 똑똑한 사람으로 남겠구나!'

그는 그 이상한 샘물을 도시 사람들이 식수로 사용하는 강으로 끌어들였고, 얼마 후 그 물을 마신 사람들이 모두 바보 멍청이로 변했다.

사람들은 금은보화를 개똥만도 못하게 여겨서 길에다 내버렸는데, 아무도 주우려는 사람이 없었다. 오직 괴짜만 집 마당의 우물물을 마시고 바보가 되는 화근을 면했고, 멍청이들이 버린 돈과 보물을 모아 큰 부자가 되었다.

그렇게 도시 최고의 부자가 되었지만 그는 전혀 즐겁지 않았다.

눈앞에 온통 바보뿐인 그 도시에는 비정상적인 일들만 벌어졌다. 당장 어딜 가서 돈을 쓰려고 해도 쫓겨나기 일쑤였다. 그가 지불하는 돈을 인정하지 않았던 것이다. 금화 한 보따리를 메고 식당을 찾아가 배를 채우려다가 흠씬 두들겨 맞고 쫓겨나기도 했다.

"이놈이 어디서 '개똥' 한 포대를 메고 와서 먹을 걸 달라는 거야? 미친놈아, 썩 꺼져라!"

괴짜의 행동은 바보들의 미움만 샀고, 급기야 어느 날 떼거리로 몰려온 바보들에게 옷가지까지 홀랑 빼앗긴 채 도시 밖으로 쫓겨나고 말았다.

괴짜가 한탄했다.

"혼자 똑똑한 척하다가 오히려 큰 낭패를 보는구나. 내 똑똑함이 오히려 저 바보들보다도 더 바보 같지 않은가……!"

***

바보는 총명한 사람이 자기보다 더 바보라고 생각한다.

밧줄

한 등산가가 정상을 향해 험난한 여정에 올랐다. 오직 혼자 힘으로 정상 등정의 영예를 차지하고 싶었던 것이다. 그가 정상 도전을 시작했을 때는 이미 날이 어둑어둑했다. 산에서의 어둠은 유난히 빨랐고 칠흑 같은 밤이 찾아왔지만 그는 멈추지 않았다.
그가 정상을 눈앞에 두었을 때였다. 갑자기 머리 위에서 굴러떨어지는 돌을 피하느라 몸이 휘청했고 발을 헛디뎌 산 아래로 구르기 시작했다.
구르고 또 구르고, 끝없이 추락하면서 죽음의 공포가 밀려왔다. 그렇게 '이젠 끝이구나!' 하고 자포자기한 상태로 굴러떨어지는데, 갑자기 뭔가에 턱 걸리며 몸이 허공에 매달렸다. 겨우 정신을 차리고 보니 허리에 감고 있는 밧줄이 뭔가에 걸려 멈춰 선 것이었다.
불현듯 허공에 매달린 채로 손을 뻗었지만 아무것도 잡히지 않는 그 상태에서는 별다른 방법이 없었다. 신을 향한 기도뿐이었다.

"하느님, 도와주십시오!"

그런데 신기하게도 목소리가 들려왔다.

"나를 찾는가?"

"오, 하느님! 저 좀 살려주십시오!"

"너는 나를 믿느냐?"

"당연히 믿고 말굽쇼!"

"그렇다면 네 허리를 감고 있는 밧줄을 끊어버리거라."

"……?"

등산가는 한동안 아무런 대답도 못한 채 고민을 거듭했다. 지금 한 가닥 밧줄에 의지한 채 겨우 허공에 매달려 있다. 그런데 밧줄을 끊어버리라니!

오랜 망설임 끝에 그는 마침내 그 말에 따르지 않기로 결정했다. 유일하게 자신의 목숨을 지탱하고 있는 밧줄을 꼭 붙잡고 놓지 않기로!

이튿날 아침, 그 등산가는 꽁꽁 언 사체로 발견되었다. 산악구조대에 따르면, 그는 밧줄에 매달려 있었는데 두 손으로 단단히 밧줄을 움켜잡고 있었다고 한다. 지면으로부터 불과 2미터도 안 되는 높이에서…….

***

신을 믿으려면 의심하지 말아야 한다. 종교란 그런 것이다.

쓸데없는 걱정

시골 농부에게 두 딸이 있었는데, 맏딸은 원예사와 결혼하고 작은 딸은 도자기를 만드는 사람한테 시집을 갔다. 겨울이 되어 일손이 한가해지자 농부가 아내에게 말했다.

"우리 딸애들이 어떻게 사는지 궁금하군. 읍내에 나가는 길에 잠시 아이들 집에 들렀다 오리다."

농부는 먼저 맏딸네 집으로 향했다.

"잘 살고 있니, 우리 딸?"

농부를 반기며 맏딸이 말했다.

"그럼요, 아빠. 아주 행복하게 잘 살죠! 그저 비나 좀 자주 내렸으면 하고 바랄 뿐이에요. 그래야 화원이 메마르지 않고 꽃들이 싱싱할 테니까요."

오후에 농부는 작은딸네 집으로 갔다.

"사랑하는 둘째야, 잘 살고 있니?"

"그럼요, 아빠. 다만 날씨가 이렇게 맑고 햇볕이 잘 들기만을 바랄 뿐이에요. 갑자기 비라도 오는 날이면 말리는 그릇들이 젖어 망가져버리고 말 테니까요."

그날 저녁 집에 돌아온 농부는 내내 시름에 잠겨 있었다. 비 오는 날이면 작은딸네 도자기 그릇이 걱정되었고, 구름 한 점 없이 맑은 날이면 맏이네 화원이 걱정되었던 것이다. 그런데 남편의 이야기를 듣고 난 아내는 별 쓸데없는 걱정을 다 한다는 투로 말했다.

"당신도 참, 비 오는 날이면 맏딸을 위해 기뻐하고, 맑은 날이면 작은애를 위해 기뻐해주면 되잖아요!"

그 말을 들은 농부는 "옳다구나!" 하고 그날부터 맑은 날이든 궂은 날이든 얼굴에서 웃음기가 떠날 날이 없었다.

***

흔히들 '걱정을 사서' 한다. 국가와 정치 현안부터 자신의 소득과 의식주에 이르기까지, 현재의 시간을 앞날에 대한 걱정과 우려로 허비하고 있다.

이런 우려와 염려는 사실상 아무런 도움도 되지 않는다. 오히려 지금 당장 해야 할 일들의 걸림돌만 될 뿐이다. 별 근거도 없는 우려는 비이성적 의식의 산물이고 우려하는 일들은 대체로 예상할 수도, 예방할 수도 없는 것이 아닌가.

하느님의 연이은 실수

어느 날 아침 제임스는 얼굴로 떨어진 물방울에 놀라 잠이 깼다. 눈을 뜨고 보니 상황이 가관이었다. 천장에서 물이 새어 방바닥까지 물바다로 변해 있었다. 다급해진 그는 즉시 이웃마을에 사는 사촌에게 양수기를 빌리러 가려고 했다.

그가 부랴부랴 2층 계단을 밟아 내려가 차 시동을 걸려고 하는데, 재수 없게도 네 개의 바퀴 모두 펑크가 나 있었다. 다시 2층으로 올라가 카센터에 전화를 걸려고 하는데, 갑자기 벼락이 떨어져 하마터면 죽을 뻔했다. 뒤이어 간신히 정신을 차리고 다시 마당으로 내려왔을 때는 자동차가 보이지 않았다. 누군가가 훔쳐가버린 것이었다. 네 바퀴 모두 펑크가 났을 뿐더러 연료도 얼마 없었기 때문에 멀리 가지 못했을 거라고 판단한 제임스는 이웃집 차를 빌린 다음 그 뒤를 쫓아 곧 차를 되찾을 수 있었다.

그날 저녁에는 파티에 참석하기로 약속되어 있었다. 그가 말끔한 정장을 차려입고 집을 나서려는 참이었다. 그런데 물에 불어버린 출입문이 열리지 않았다. 제임스는 수리공을 불러 출입문을 부수고 나서야 집에서 나올 수 있었다. 그리고 수리한 차를 몰고 10킬로미터쯤 갔을 때였다. 이번에는 생각지도 못한 교통사고를 당해 응급실로 이송되는 신세가 되었다. 다행히 크게 다치지 않아서 그날로 퇴원할 수 있었지만, 집에 돌아와 문을 열자마자 천장이 무너지면서 카나리아가 든 새장이 부서져버렸다. 이에 새장 쪽으로 황급히 가다가 카펫이 미끄러지는 바람에 뒤로 나자빠졌고, 머리에 중상을 입어 또다시 병원으로 이송되어야 했다.

한 기자가 억세게 재수 없었던 그의 사연을 듣고 찾아와 물었다.

"오늘 겪은 일련의 사고들에 대해 어떻게 생각하십니까?"

제임스는 옅은 한숨을 내쉬면서도 대수롭지 않다는 투로 이렇게 대꾸했다.

"아마도 하느님이 날 저주하여 죽음으로 몰아넣으려고 했는데, 연거푸 실수하신 모양입니다."

***

유머가 있는 사람은 넉살이 좋고, 매사에 열정적이며, 아무리 곤란한 상황에 놓여도 당황하지 않고 냉정을 유지할 줄 안다. 또 유머가 있는 사람은 도량이 넓고 건강하게 장수한다. 넘어져도 스스로 일어날 줄 알기에 하늘의 불운마저 비껴간다.

그냥 갈 길을 간다

저녁 무렵 두 친구가 길을 가는데, 갑자기 어느 집 마당귀에서 개 한 마리가 튀어나와 짖기 시작했다. 그러자 온 동네 개들이 일제히 몰려와 짖어대는 것이었다. 한 친구가 돌멩이를 주워 던지려고 하자 다른 한 명이 제지하며 말했다.

"관둬. 자기들끼리 짖어대게 말이야."

"무슨 소리야? 계속 시끄럽게 짖어대는데!"

"그런다고 개들이 짖지 않을 것 같나? 잘못 건드렸다간 봉변을 당할 수도 있어. 난 저 녀석들의 습성을 잘 알지. 그러니 뒤돌아보지 말고 우리 갈 길이나 가세."

그렇게 무시하고 얼마쯤 걷자 과연 개 짖는 소리가 잦아들었고 마침내 사방이 조용해졌다.

***

'개들'은 항상 짖어대게 마련이다. 제지하려 들지 말고, 어떤 설득이나 변명도 하려 들지 말고 갈 길이나 열심히 가라. 그러면 저들도 한동안 짖어대다가 말 것이다.

나귀를 메고 가다

아버지와 아들이 나귀 한 필을 팔러 시장에 가게 되었다. 그들이 마을 우물가를 지날 때였다. 아녀자들이 수군대는 소리가 들렸다.
"세상에, 저것 좀 봐! 나귀를 타지 않고 끌고 가네? 참 멍청한 일이야. 타지도 않을 나귀를 뭐하러 끌고 다닌담?"
그 말을 들은 아버지는 아들을 얼른 나귀 등에 태우고 자신은 그 곁에서 걸었다. 그런데 얼마 가지 않아서 그 모습을 본 노인이 질책하며 말했다.
"늙은 아비는 걷게 하고 어린놈은 버젓이 나귀를 타고 가다니! 요즘 젊은것들은 참 말이 아닐세그려!"
아버지는 하는 수 없이 아들을 내려 걷게 하고 자신이 나귀 등에 올라탔다. 그렇게 한참을 가다가 또 한 무리의 아낙네와 아이들을 만났다.
"세상에, 저렇게나 못난 아비도 있네! 어떻게 어린 아들을 걷게 하고 자기는 버젓이 나귀를 탈 수 있지? 저 어린것이 종종걸음 치는 것 좀 보라고!"
당황한 아버지는 얼른 아들을 들어 올려 자기 앞에 태웠다.
그들이 장터가 있는 성문 입구에 다다랐을 때였다. 또 누군가가 아버지에게 말을 걸었다.
"영감님, 그 나귀가 영감님의 나귀 맞아요?"
"그렇소만?"
"저런! 난 나귀를 이렇게 타는 주인은 처음 보네요. 가엾은 나귀가 두 사람의 몸무게를 감당해내겠어요? 등뼈가 부러지지 않으면 다행이지!"
그 말에 아버지와 아들은 얼른 나귀 등에서 내려 어찌할 바를 몰랐다.
한참을 고민한 끝에 이제 유일한 방법은 나귀 몸뚱이의 네 귀퉁이를 긴 막대기에 묶어서 메고 가는 수밖에 없다고 생각했다. 부자는 죄 없는 나귀와 한바탕 실랑이를 벌이고 나서 나귀를 묶은 막대기를 어깨에 짊어지고 길을 재촉했다.
그들이 성문 근처의 돌다리를 지날 때였다. 그 해괴망측한 모습을 본 행인들 모두 손가락질하며 폭소를 터뜨렸다. 이에 놀란 나귀가 안간힘을 쓰며 버둥거리다가 묶은 줄이 풀리면서 돌다리 아래로 굴러떨어지고 말았다. 부끄럽고 화가 치민 아버지는 결국 그대로 발길을 돌려버렸다.
애꿎은 나귀까지 잃고 빈손으로 집을 향해 걸으면서 아버지는 그제야 한 가지 이치를 깨달았다. 만인을 모두 만족시키려 하다간 결국 누구도 만족시킬 수 없다는 사실을!

***

자기만의 독립적인 사고는 젊은이들에게 필수 불가결한 요소다. 남의 의견을 존중하는 것도 좋지만 줏대 없이 맹종하다가 웃음거리가 되지는 말아야 한다.

무엇보다도 먼저 자신이 옳다고 믿는 일을 하고, 되고 싶은 사람이 되는 것이 중요하다. 그러다 보면 그것이 실패든 성공이든 말로 표현할 수 없는 성취감과 자존심을 고양시킬 수 있다.

철학자와 개미

혼자 바닷가를 거닐며 사색을 즐기던 철학자는 놀라운 광경을 목격했다. 멀지 않은 바다에서 배가 침몰하면서 선원과 승객들이 익사하는 끔찍한 장면이었다. 철학자는 속수무책인 자신을 자책하는 한편 무심한 하늘을 올려다보며 원망했다. 사실 그 배는 죄수를 호송하던 배였다. 압송 중인 죄수 한 명 때문에 애꿎은 선원들까지 희생당한다고 생각하자 더욱더 안타까웠다.

바로 그때 철학자는 자신이 개미떼에 포위되어 있음을 알아챘다. 그가 서 있는 곳이 하필이면 개미굴 입구였고, 종아리가 따끔해서 살펴보니 개미 한 마리가 매달려 있었다. 화가 난 철학자는 그 개미뿐만 아니라 주위에 몰려 있는 개미들을 몽땅 밟아 죽이고 말았다.

그러는 순간 등 뒤에서 신이 나타나 지팡이로 철학자를 툭툭 치면서 말했다.

"넌 고작 개미 한 마리 때문에 그토록 잔악하게 굴면서 어찌 날 무심하다고 욕할 수 있느냐!"

***

다른 사람의 얼굴에 묻은 티는 발견하기 쉬워도 자기 얼굴의 티는 잘 못 본다. 남을 질책하고 원망하기 전에 자신부터 돌아보라.
자신의 불만을 애꿎은 남에게 화풀이해서는 안 된다. 내 검지가 누군가를 비난하며 손가락질할 때 나의 중지와 무명지, 약지는 모두 자신을 향하고 있음을 명심하라.

불안

미국의 제7대 대통령 앤드류 잭슨은 부인과 사별한 뒤 자신의 건강 상태가 유난히 걱정되었다. 가족들 중 이미 여럿이 뇌일혈을 앓았기 때문에 자신도 머잖아 그 병을 앓게 되지 않을까 불안해하며 하루하루를 보내고 있었다.

하루는 그가 친구 집에 놀러 갔다가, 때마침 손님으로 와 있는 아가씨와 체스를 두게 되었다. 그런데 한창 게임을 하고 있을 때 갑자기 잭슨의 어깨가 축 처지더니 얼굴이 창백해지고 호흡이 가빠지는 것이 아닌가.

깜짝 놀라 자신을 부축하는 친구에게 잭슨이 말했다.

"끝내 올 것이 왔구나!"

"어디가 어떤가?"

"지금 한쪽에 마비가 오는 것 같네. 좀 전에 오른쪽 허벅지를 꼬집어봤는데 아무 감각도 없단 말이지."

"하지만 선생님?"

잭슨과 체스를 두던 아가씨가 말했다.

"선생님이 방금 꼬집은 건 제 허벅지인데요!"

***

오늘의 잘못된 불안이 내일 사실로 발전할 수 있다. 이런 삶에는 공포심밖에 남지 않는다. 차라리 내일은 오지 않을 것처럼 오늘을 사는 것이 낫다. 단 하루를 살더라도 두려움 없이 지금 하고 싶은 일을 하라.

헤라클레스와 주머니

그리스 로마 신화의 영웅 헤라클레스가 산길을 가고 있는데, 갑자기 웬 주머니 하나가 발부리에 걸렸다.

헤라클레스는 냅다 그것을 밟아 뭉개버렸다. 그러자 그 주머니는 터지기는커녕 오히려 배나 되는 크기로 부풀어 오르는 것이 아닌가!

화가 난 헤라클레스는 자기 허벅지만큼 굵은 몽둥이를 휘둘러 그 주머니를 마구 두들겨 팼다. 그러자 주머니는 더욱 부풀어 오르더니 아예 길까지 막아버렸다. 헤라클레스가 연신 씩씩대며 어찌할 바를 몰라 하는데, 때마침 저쪽에서 한 도인이 걸어오면서 말했다.

"이보시게, 힘센 친구. 그만하면 됐으니 이제 그만 주머니를 잊고 떠나게나! 그 주머닌 '원한 주머니'라는 것인데, 건드리면 건드릴수록 부풀어 올라서 끝까지 맞서는 것일세."

***

살다 보면 다른 사람과 마찰을 겪을 수도 있고, 오해할 수도 있으며, 심지어 원한을 품을 수도 있다. 그래서 누구에게나 그만의 '원한 주머니'가 있다.
충고컨대, 이 주머니 가득 너그러움을 담아두어라. 그러면 길을 가다가 발부리에 툭툭 차이는 장애물도 줄어들고, 성공으로 향하는 길도 넓어질 것이다. 너그러움 없이 원한 주머니만 키우다 보면 성공 가도는커녕 자신의 운명도 막혀버릴지 모른다.

원망의 부적

불교 경전 『백유경(百喩經)』에 이런 이야기가 나온다.

어떤 사람의 낯빛이 늘 어두웠는데, 누군가를 죽도록 미워하고 있었기 때문이다. 매일 이를 갈며 어떻게든 그 사람을 곤경에 빠뜨릴 생각만 하니 항상 음울할 수밖에 없었다.

어떻게든 자기 원한을 풀어보고 싶었던 그가 한번은 무당을 찾아갔다.

"어떡하면 이 원한을 풀 수 있겠소? 무슨 주문 같은 거라도 써서 그 원수 놈을 망가뜨릴 수 있다면 내 어떤 대가라도 마다하지 않겠소."

"아주 영험한 주문이 하나 있기는 한데……."

"그게 정말이오?"

"누구든 마음먹은 대로 해칠 수 있는 주문이지. 그런데 문제라면 남을 해치기 전에 먼저 자신이 해를 입는다는 거지. 그래도 해볼 텐가?"

무당이 조심스레 떠보기가 무섭게 원한 가득한 그 사람은 흔쾌히 대답했다.

"그놈한테 고통을 안겨줄 수만 있다면 내 스스로 어떤 응징이라도 달게 받겠소! 기껏해야 함께 망하기밖에 더 하겠소?"

***

남을 해치기 위해 자신이 망가지는 것도 마다하지 않는 행위가 얼마나 무모하고 미련해 보이는가!

원한은 빚과 같아서 내가 누군가를 원망하면 나 스스로 빚을 걸머지는 것과 같다. 그래서 쌓인 원망이 많을수록 인생의 즐거움도 증발해버리는 것이다. 원망은 한번 맺기는 쉬워도 풀기는 어려운 법, 마음에서 우러나는 너그러움과 자비로움만이 그 원망을 풀어낼 수 있다.

돈

두 친구가 돈에 대해 한담을 주고받았다.

"난 돈이 싫어. 왜냐하면 그것의 해악이 너무 크기 때문이지."

"이를테면?"

"돈은 사람을 배금주의에 빠져 타락하게 만들고, 진취적인 생각을 못하게 만들고, 거짓과 추악함에 물들게 하지! 돈은 귀신도 부려먹는다잖아?"

"하하하, 그쯤 해두게!"

"왜, 모두가 사실 아닌가?"

"하지만 돈은 한편으로 좋은 일도 많이 하잖아?"

"무슨 소리야?"

"돈은 난관을 극복할 수 있게 해주고, 사람의 목숨을 구해주기도 하지. 돈으로 어떤 이상을 실현할 수 있다는 점도 부정할 수 없잖아? 그걸 잘 이용하면 세상을 한층 더 발전시킬 수 있는 거지. 세상의 온갖 부정적인 것들이 어떻게 다 돈 때문이라고 할 수 있겠나?"

"그건 그렇지만……."

"난 사실 돈 그 자체에는 옳고 그름이나 선악이 있을 수 없다고 생각해. 단지 그 돈을 대하는 사람에 따라 달라지는 것이지……."

***

금전 자체에는 선과 악, 옳은 것과 그른 것이 존재하지 않는다.

열 냥짜리 빚쟁이

옛날에 어떤 사람이 은 100냥을 빚졌다. 그런데 약속한 날에 찾아가보니 집 안에 값나가는 물건도 없고 빚을 갚을 능력도 없어 보였다. 빚쟁이는 어떻게든 돈을 갚아야 하지 않겠느냐고 채근했지만, 상대방은 머리만 조아릴 뿐이었다.

"제발 용서해주십시오! 맹세컨대, 빚은 꼭 갚을 테니 부디 이번 한 번만 봐주십시오."

그렇게 사정하자 빚쟁이도 더 이상 독촉하기가 힘들었고, 한편으로 측은한 마음까지 들어 형편이 나아질 때까지 빚을 유예해주기로 했다. 이에 빚진 사람은 한시름을 놓을 수 있었다.

그로부터 며칠 후, 빚진 사람이 길을 가다가 몇 달 전에 은 열 냥을 빌려준 친구를 만났다. 그는 대뜸 친구의 멱살부터 잡고 윽박질렀다.

"당장 나한테서 빌려간 은 열 냥을 갚으라고!"

친구가 땅바닥에 머리를 조아리며 애걸했다.

"제발 좀 봐달라고. 내 이번에 돈을 벌면 꼭 자네 빚부터 갚음세."

하지만 열 냥짜리 빚쟁이는 며칠 전 빚쟁이가 자신을 용서해준 일 따위는 까맣게 잊고 전혀 관용을 베풀지 않았다. 끝내 그 친구를 감옥에 집어넣고 원금에 고리의 이자까지 받아낸 뒤에야 풀어주었다.

이런 행패는 삽시간에 소문이 났고, 친구들과 주변 사람들 모두 그를 손가락질하며 비난했다. 이 소문은 얼마 후 그를 용서해준 큰 빚쟁이의 귀에까지 들어갔고, 그가 빚진 사람을 불러놓고 호통을 쳤다.

"이 비열한 인간아, 나는 네놈을 용서하고 빚까지 유예해주었거늘, 넌 어째서 그 사람을 그렇게나 야멸차게 몰아붙였단 말이냐!"

큰 빚쟁이는 그 열 냥짜리 빚쟁이를 관아에 고발하여 감옥에 처넣어버렸다.

***

살다 보면 피치 못할 마찰을 겪게 되는 경우가 있다. 그럴 때마다 시시비비를 가리고 조금도 손해 보지 않으려 한다면, 남들로부터도 용서와 너그러움을 기대하지 말아야 한다.

남을 용서하는 마음처럼 신기한 묘약도 없다. 그것은 마음속 응어리를 풀어주고 인간성을 회복시키는 화학작용을 불러일으킨다. 그래서 갈등을 갈등으로 받을 것이 아니라 감동으로 전환할 수 있어야 한다.

농부의 조롱박

상인과 농부가 나란히 길을 가고 있는데, 농부가 아는 체를 했다.

"어딜 가십니까?"

"난 왕을 찾아뵈러 가는 길이네만, 그쪽은 어딜 가시오?"

"거참, 묘한 인연이로군요. 나도 왕을 찾아뵈러 가는 길입니다."

상인이 말했다.

"몇 해 전 왕께서 백성들의 생활을 암행 순시하실 때 갑자기 타고 다니던 말이 죽어서 내가 갖고 있는 천리마를 바쳤지. 그 후 그 천리마가 전장에서 왕의 목숨까지 구했다지 않은가! 이번에 왕께서 친히 하사품을 주신다기에 가는 길이네."

농부가 말했다.

"나 역시 그해에 왕을 만났지요. 며칠 동안 물 한 모금 마시지 못한 왕께서 우리 집 앞에서 쓰러지셨지 뭡니까. 그때 내가 수프를 만들어드렸는데, 그 일로 상을 내리신다는군요."

인연이 비슷했던 두 사람은 얼마 후 사이좋게 궁궐로 들어섰다.

"오, 생명의 은인들이 오셨군!"

왕이 두 사람에게 성찬을 베풀며 말했다.

"내가 오늘날까지 목숨이 붙어 있는 건 천리마와 그 수프 덕분이니 그대들은 내 생명의 은인이오. 내 그대들에게 선물을 드리겠소."

가만히 보니 식탁 한쪽에 금덩이와 귀금속 등 값나가는 물건이 잔뜩 쌓여 있었다. 왕은 그중에서 마음에 드는 물건을 하나씩 고르라고 했다. 이에 상인은 묵직한 금덩이 하나를 집어 들었다. 그런데 농부는 값나가는 물건을 모두 놔두고 큼지막한 조롱박을 집는 것이었다.

왕이 혀를 차며 농부에게 말했다.

"그것보다 더 값나가는 것을 고르지 그러나?"

그러나 농부는 무슨 보물단지라도 되는 양 조롱박을 꼭 끌어안았다.

"이 조롱박이 요긴하게 쓰일지 어찌 알겠습니까?"

궁궐을 떠나 돌아오는 길에 상인이 농부에게 물어보았다.

"살다 살다 자네 같은 바보 천치는 처음 보네! 그 좋은 금은보화를 놔두고 왜 하필 조롱박인가? 그게 무슨 보탬이나 된다고?"

그러나 농부는 이렇게 말했다.

"수프 한 그릇이 왕을 살릴지 어찌 알았겠어요? 마찬가지로 이 조롱박이 목숨을 구해줄지 또 어떻게 알아요?"

얼마 후 두 사람은 강을 건너게 되었는데, 배가 강 한복판에 이르렀을 때 갑자기 뒤집혀버렸다. 상인은 금덩이를 끌어안은 채 물속으로 가라앉았고, 농부는 조롱박을 타고 무사히 살아남았다.

***

세상 만물은 서로 유기적인 연합체로, 결코 무관한 존재가 아니다. 작은 풀잎 하나, 나뭇잎 하나가 모두 밤하늘의 별처럼 빛난다.

가장 확실한 연금술

태국에 부자를 꿈꾸는 사람이 있었는데, 그는 큰 부자가 되는 지름길은 뭐니 뭐니 해도 연금술이라고 생각했다. 그래서 자신의 전 재산과 열정을 모두 연금술 실험에 쏟아부었다. 그러나 연금술을 성공하기가 어디 쉬운 일인가! 얼마 후 전 재산을 탕진했고 집 안에는 쌀 한 톨도 남아 있지 않았다. 참다못한 그의 아내가 친정으로 달려가 눈물바람을 보였고, 장인은 이번에야말로 사위의 허황된 버르장머리를 꼭 고쳐야겠다고 작정했다.

"내 이제 와 자네한테 고백하네만, 난 이미 연금술의 비밀을 거의 다 알아냈다네."

"예에? 그게 정말입니까?"

"그런데 딱 한 가지가 부족해서 그만……."

사위가 눈을 동그랗게 뜨고 다그쳤다.

"장인어른, 부족한 게 뭔데요? 어서 말씀해보세요!"

장인이 말했다.

"좋아, 내 자네한테만 말해주지. 난 지금 바나나 잎사귀 밑에서 자라는 솜털 3킬로그램이 필요하다네. 그런데 이 솜털은 꼭 자네가 직접 가꾼 바나나나무에서 난 것이라야 하지. 그 솜털들을 다 모아오면 내 그때 연금술을 일러주도록 하지."

장인의 말을 듣고 집으로 돌아온 그는 지난 수년간 묵혀둔 땅에 바나나나무를 심었다. 그리고 가능한 한 빨리 솜털을 모으기 위해 자기 땅 말고도 인근의 황무지까지 개간하여 바나나나무를 심었다. 그렇게 해서 바나나가 다 익은 다음에는 잎사귀 밑에 자라난 흰 솜털을 조심조심 긁어냈고, 그의 아내와 아이들은 바나나를 시장에 내다 팔았다. 그런 식으로 흰 솜털 3킬로그램을 모으는 데 꼭 10년이라는 세월이 걸렸다.

그가 의기양양하게 그 솜털뭉치를 들고 장인을 찾아갔다. 그러자 장인은 연금술을 알려달라고 채근하는 사위의 손을 잡아끌고 마당 한쪽에 새로 지은 집 한 채를 가리키며 말했다.

"저 집 문을 열어보게나."

문을 열어보니 방 안에는 찬란하게 빛나는 황금이 쌓여 있고, 그 가운데에 그의 아내와 어느새 훌쩍 큰 아이들이 서 있었다. 아내는 집 안의 황금이 모두 그가 지난 10년 동안 가꾼 바나나를 팔아서 모은 것이라고 말해주었다. 비로소 그는 무언가를 크게 깨달았다.

***

실체 없는 뜬구름 잡는 일로 시간과 에너지를 낭비하다간 인생 자체를 탕진해버린다. 부자가 되고 싶다면 헛된 망상을 버리고 성실하게 일하고 실질적인 노력을 기울여 그 꿈에 다가가려고 해야 한다.

누가 비밀을 지켜줄 것인가

어떤 왕이 신하들에게 자기만의 비밀을 말해주면서, 절대 발설해서는 안 된다고 경고해두었다. 지엄한 왕명에 아무도 그 비밀을 누설하지 않았다. 하지만 그로부터 1년 뒤에는 온 세상에 그 비밀이 소문나버리고 말았다.

화가 난 왕은 비밀 누설자를 찾아내어 참형에 처하리라 마음먹었다. 그러나 아무리 추궁해도 범인을 밝혀낼 수 없었고, 분노한 왕은 모든 신하를 끌어다 처형하라는 극약처방을 내렸다.

이때 한 원로 신하가 만류하고 나섰다.

"전하, 비밀이 누설된 건 전하의 잘못이지 누구의 탓도 아닙니다. 말은 홍수처럼 범람하는 것이요, 그 홍수의 원류는 온전히 전하 자신인 것입니다. 비밀을 지키려면 우선 자기 입부터 꾹 닫아버려야 합니다. 비밀은 말하지 않으면 영원한 비밀이 되지만, 일단 입 밖에 내면 그때부턴 이미 비밀이 아닌 것입니다. 그러니 무고한 사람들을 죽여서는 안 됩니다."

그 말에 왕은 면구스러워서 그 즉시 신하들을 모두 풀어주었다.

***

만일 당신이 비밀을 바람에게 털어놓았다면 바람이 그것을 나무들에게 털어놓는다고 원망해서는 안 된다. _칼릴 지브란

이론가의 함정

한 이론가는 세상의 모든 사건과 현상에 대해 매우 그럴싸한 논리를 갖고 있었다.
하루는 어린 꼬마가 찾아와 당돌하기 짝이 없는 질문을 던졌다.
"선생님께선 모르는 게 없다고 하던데, 한 가지 여쭤봐도 될까요?"
이론가가 흔쾌히 응낙했다.
"그렇고말고, 뭐든지!"
"우리 사람들은 왜 코로 밥을 먹지 않고 입으로만 먹는 거죠?"
"그건…… 글쎄다?"
이론가는 말문이 탁 막혔다. 꼬마가 그렇게 간단한 문제를 제기할 줄은 예상치 못했던 것이다.
꼬마를 겨우 달래서 돌려보낸 이론가는 그날 저녁식사를 하다 말고 갑자기 꼬마의 질문이 떠올랐다. 그는 수저를 내려놓고 거울 앞으로 다가가 자신의 코와 입을 번갈아 살펴보았다. 그때까지도 그는 사람이 왜 코가 아닌 입으로만 밥을 먹는지 알지 못했던 것이다.

그 후로도 이론가는 몇 번이고 머리를 쥐어뜯으며 그 문제에 골몰했다. 세 살짜리 꼬마한테 웃음거리가 되지 않기 위해서라도 반드시 그 해답을 찾아내야 했으므로.

***

많은 경우 평범한 상식이 이론보다 더 효과적이다.

전혀 다른 결과

한 마을에 두 명의 부자가 살고 있었는데, 둘 다 선행을 베풀고 남을 잘 도와주었다.
한번은 그중 한 부자가 큰 저택을 짓게 되었는데, 공사를 맡은 인부들에게 특별히 담에 따로 문을 내고 그 담을 따라 간이 지붕을 설치해달라고 요구했다. 그곳을 지나는 보따리장수와 짐꾼들이 비라도 피해 갈 수 있게 배려한 것이다.
과연 공사가 끝나자 보따리장수와 짐꾼들이 몰려와 그곳에 난전을 벌여서 아주 떠들썩해졌다. 이에 부자는 탁자와 의자까지 마련해 그들에게 식수를 공급해주었다. 그러자 얼마 지나지 않아 그곳은 온통 쓰레기장으로 변했고, 부자가 선의로 내놓은 의자와 찻잔 등도 모두 자취를 감춰버렸다. 더욱 안타까운 일은 어느 날 그 집 앞에서 걸인 한 명이 사망한 일이었다. 사람들은 아무런 근거도 없이 그 일이 부자의 소행이라고 욕하면서 다시는 그곳을 거들떠보지 않았다.

한편 또 다른 부자 역시 거리 쪽의 담을 허물고 가게 몇 개를 꾸며 보따리장수들에게 세를 놓았다. 그리고 가게에서 거둬들인 집세의 일부를 복지원에 기탁해 큰 건물을 짓게 하고 가난한 사람들을 도와주었다. 얼마 후 그 건물 벽에는 그 부자의 이름이 새겨졌는데, 복지원에서 도움을 받은 이들 모두 그 부자를 칭송해 마지않았다.

***

똑같은 선의를 가졌지만 두 부자가 얻게 된 평판은 전혀 똑같지 않았다. 아무리 취지가 좋아도 시행 방법에 따라 그 결과가 달라진다.

밧줄도 못 만들면서

러시아 황제 니콜라이 1세가 등극하고 얼마 지나지 않아 반란이 일어났다. 반란군은 농노제 폐지와 정치적 자유, 공화제로의 전환 등 정치체제의 근본적인 변화를 요구했다. 그러나 니콜라이 1세는 이 반란을 잔인하게 진압했고, 주모자 릴레예프는 체포되어 사형을 언도받았다.

형이 집행되는 날, 릴레예프는 사형집행인들과 실랑이를 벌이다가 교수대의 밧줄이 끊어지는 바람에 바닥으로 떨어져 나뒹굴고 말았다. 당시에는 이런 일이 벌어지면 하늘의 뜻이거나, 신의 은총을 받은 것으로 여겨져 당사자는 사면을 받게 되어 있었다.

먼지투성이가 되어 바닥을 딛고 일어선 릴레예프는 자신이 아직 살아 있음을 실감하고 군중을 향해 이렇게 소리쳤다.

"여길 보시오. 썩어빠진 차르 정권은 무엇 하나 제대로 할 줄 아는 게 없소. 심지어 밧줄 하나도 제대로 못 만든단 말입니다!"

형장의 밧줄이 끊어진 그 일은 곧 황제의 귀에까지 전해졌다. 황제는 매우 언짢았지만 어쩔 수 없이 사면장에 사인했다.

"그래, 그 기적이 벌어진 다음에 릴레예프란 놈이 무슨 말을 하지 않던가?"

황제의 물음에 시종이 대답했다.

"릴레예프는 정권이 밧줄 하나도 제대로 만들지 못한다고 비난했습니다."

"흠, 그래? 그렇다면 내 부득불 그 말이 맞는지 틀리는지 확인해 봐야겠군."

황제의 노여움을 산 릴레예프는 그 이튿날 또다시 교수대에 오르게 되었는데, 밧줄이 끊어지는 기적은 두 번 다시 일어나지 않았다.

***

일시적인 충동으로 내뱉은 말 한마디가 목숨을 재촉하고 말았다.

절대 장광설로 남을 설득하려 해서는 안 된다. 말이 많아질수록 바보 같은 말들이 튀어나오는 법이니까.

열 살 노인

고을에 새로 부임한 관리가 순행 도중에 꼬마들과 놀고 있는 노인을 발견하고 물어보았다.

“노인장께선 올해 춘추가 어떻게 되시는지요?”

백발노인이 대답했다.

“올해 꼭 열 살이올시다.”

“예? 열 살이라고요? 허, 거 농담이 좀 지나치시군요!”

관리가 노인을 살펴보며 말했다.

“제가 보기에 노인장께선 적어도 팔순은 되신 것 같은데요?”

노인이 흰 수염을 쓰다듬으며 말했다.

“바로 맞히셨소이다. 그러나 이전의 칠십 평생은 다 소용없다고 여겨져서 열 살이라 말한 것이오.”

“그게 무슨 말씀이신지?”

“휴!”

노인이 긴 한숨을 내쉬고 나서 말했다.

"지난 70년 중 맨 처음 10년은 먹고 싸는 일로 부모의 보살핌 속에 자랐으니 내가 산 것이 아니요, 두 번째 10년은 한창 배워야 할 나이에 공부는 하지 않고 건달처럼 놀기나 했으니 역시 산 것이랄 수 없소. 그 후 50년도 별 재간 없이 하루하루를 흐리터분하게 술에 절어 허비했으니 이 역시 살았다고 할 수가 없소이다."

"그럼 그 후 10년은요?"

"그 후 10년은 다행히 덕망 있는 분을 만나 가르침을 받았고, 비로소 사람다운 도리를 깨우치게 되었소. 10년 동안 남을 위해 봉사하고 미진하나마 남을 위해 선행을 베풀다 보니 다들 내 장수를 축원해주더이다. 그래서 내 나이 이제 겨우 열 살이라고 하는 것이오."

노인의 말을 듣고 난 관리는 정말로 일리 있는 말이라고 고개를 끄덕이면서 속으로 생각했다.

'범부 노인이 이럴진대 하물며 나는 관에 몸담고 있는 사람이 아닌가. 부지런히 살자. 이 노인장처럼 백성들을 위해 좋은 일을 많이 해야겠구나……!'

***

한 사람이 존재하는 의미는 그 수명이나 재산의 축적 정도에 있는 것이 아니라 그가 속한 사회와 그 구성원들에게 얼마나 공헌했느냐로 귀결된다.

반지

귀부인이 이웃집에 놀러 갔다가 그 집 부인이 낀 반지를 보고 홀딱 반했다.

“어머, 예쁘기도 해라! 빛깔이 꼭 쪽빛 바다처럼 곱네! 나도 이런 반지가 하나 있었으면……!”

귀부인은 진심으로 그 반지를 갖고 싶었다. 흔한 부러움 정도가 아니라 스멀스멀 돋아나는 욕심 때문에 낯빛이 초췌해질 정도였다. 그래서 밤중에 몰래 그 집 창문을 넘어가 그 반지를 훔치는 데 성공했다.

반지를 수중에 넣은 여인은 기쁨에 들뜨는 한편으로 가슴이 두근거려서 견딜 수가 없었다. 이웃집에서 자기를 의심하여 경찰에 신고할까 두려웠던 것이다. 마음고생이 점점 심해졌고 식욕이 떨어져 몸도 쇠약해졌다. 밤에 자다가도 벌떡벌떡 깨어나는 발작이 되풀이되었고, 그 때문에 남편도 신경쇠약에 시달렸다.

6개월 후 남편은 히스테리 발작을 되풀이하는 그녀 곁을 떠나갔고, 모든 수입원도 끊겨버렸다. 재산을 처분하여 하루하루를 연명하던 그녀는 결국 애지중지하던 그 반지까지 팔아치우지 않으면 안 되었다.

그러던 어느 날 갑자기 초인종 소리가 났고, 순간 그녀는 경찰이 찾아왔다고 생각했다. 그래서 경황없이 도망치려고 하다가 그만 창문 아래로 추락하고 말았다.

얼마 후 그녀가 창문에서 떨어져 죽었다는 사실을 알게 된 이웃집 여자는 죽은 여자의 손에 낀 반지를 보면서 묘한 표정을 지었다.

"참 모를 일이야. 반지를 훔쳐간 도둑이 언제 죽은 사람의 손에다 끼워줬지?"

***

만약 당신이 갖지 말아야 할 무언가를 소유하고 있다면, 당신이 마땅히 가져야 할 어떤 것도 소실되고 있는 것이 아닐까?

낙타 걱정

아랍 상인이 낙타 등에 짐을 지우고 먼 길을 출발하면서 근심 어린 표정을 지었다. 낙타가 의아해하며 물어보았다.

"주인님, 무슨 고민거리라도 있습니까?"

상인이 낙타의 잔등을 어루만지며 대답했다.

"먼 이번 여정을 네가 무사히 마칠 수 있을는지, 그게 걱정이란다."

그 말에 낙타가 어이없다는 투로 되물었다.

"제 걱정이요? 아니, 소위 '사막의 배'로 불리는 제가 이만한 길도 못 간다니, 말이 되는 소리냐고요!"

***

사고방식은 온전히 당신 몫이므로 전쟁이나 불황, 질병 따위를 염려할 수도 있다. 그러나 부정적인 생각은 결코 기쁨을 가져올 수 없고 건강에도 해롭다. 당신이 슈퍼맨이 아닌 바에야 세상만사를 해결할 수는 없다.

그리고 정작 당신이 우려하는 난관이 현실적으로 눈앞에 닥친다 해도, 상상한 것처럼 두렵고 불가사의한 것만은 아니라는 사실도 알게 될 것이다.

강도와 류머티즘 환자

어느 주택에 갑자기 강도가 들이닥쳤다. 벌컥 하고 방문이 열리고 복면한 사내가 권총을 들이밀자 침대에 누워 있던 집주인은 기절초풍할 지경이었다.

"손들고 일어섯! 그리고 얼른 돈 내놔!"

집주인이 울상을 지으며 떨리는 목소리로 말했다.

"난 지금 류머티즘 관절염이 심해서 손을 들 수가 없어요."

"류머티즘이라고? 휴, 나도 그것 때문에 고생이 심했지."

강도의 목소리가 한결 부드러워졌다.

"그래, 앓은 지는 얼마나 됐소? 혹시 따로 쓰는 약은 있소?"

뜻밖의 질문에 집주인은 자신이 써본 약들을 하나하나 열거해나갔다.

"그건 썩 좋은 약들이 아니오. 다 제약회사 놈들 배불리자고 처방해준 거지. 그딴 약들은 그때뿐이지 도무지 효과가 없더란 말이오."

두 사람은 관련 약물에 대해 비슷한 견해를 갖고 있었기에 화제는 점점 열기를 띠어갔다.

어느새 강도는 침대에 걸터앉았고, 누워 있는 집주인을 부축해 앉혀주기까지 했다. 그러다가 자신이 그때까지 권총을 들고 있었다는 사실을 깨닫고 면구스러운 듯 슬그머니 권총을 집어넣었다. 그러고는 미안한지 이렇게 물었다.

"혹시 무슨 도움이 필요한 거라도?"

집주인이 대답했다.

"우리 이렇게 알게 된 것도 인연인 것 같은데, 거실 벽장에 있는 위스키와 술잔 좀 가져다줄래요? 우리의 만남을 위해 한잔 하면 좋겠습니다만."

강도가 흔쾌히 동의하며 말했다.

"그러지 말고 술집에 가서 실컷 퍼마시는 건 어떻겠소?"

"하지만 난 혼자서는 옷도 껴입지 못하는 걸요."

"에이, 내가 있잖소!"

강도가 거동이 불편한 집주인을 도와 옷을 반듯하게 입혔고, 둘은 함께 근처 술집으로 향했다. 그런데 얼마 지나지 않아 집주인이 소리쳤다.

"참, 내 정신 좀 봐. 지갑을 안 가지고 왔잖아!"

강도가 씩 웃으며 대꾸했다.

"내가 사겠소!"

***

친밀감을 높이는 가장 좋은 방법은 서로의 공통점을 찾는 것이다.

"당신도? 오, 나도 그런데!" 이런 화법은 낯선 이들로 하여금 공통의 화제를 찾아 유대감을 높이고 친숙해지게 만든다.

승리(victory)

제2차 세계대전이 끝나갈 무렵이었다.

미군 포로 한 명이 독일군 장교에게 심하게 고문을 당한 뒤 독일군에 함락된 프랑스의 어느 거리를 떠밀려 다니면서 괴롭힘을 당하고 있었다.

독일군 장교가 그 포로에게 물었다.

"네 죄를 시인하는가?"

그러나 포로는 이미 말을 할 수가 없었다. 그는 간신히 손을 들어 프랑스 시민들에게 손가락으로 'V' 자를 취해 보였다. 그 모습을 보고 분노한 독일군 장교는 포로의 손가락을 잘라버리라고 명령했다.

이제 더 이상 손을 쓸 수 없게 되었지만 포로는 포기하지 않았다. 땅바닥에 엎드린 채 두 다리를 벌려 시민들에게 승리의 'V' 자를 그렸던 것이다.

그 모습에 감동한 시민들이 저주와 원망의 눈길로 독일군들을 노려보았고, 미군 포로를 향해 손가락으로 'V' 자를 해 보였다.

***

육체는 잃을 수 있지만 신념은 빼앗길 수 없는 것, 독재는 신념의 힘을 꺾지 못한다. 강한 신념에 의해 강한 인간이 태어난다. 그리고 그것은 인간을 한층 더 강하게 만든다.

수전노의 유언

일생 동안 아껴 쓴 수전노가 100억 원이라는 거금을 모았다. 그런데 어느 날 갑자기 저승사자가 찾아와 그만 목숨을 거두어가겠다는 것이 아닌가! 수전노는 자신이 인생을 단 한순간도 향유하지 못했음을 깨닫고 사신에게 부탁했다.

"내 전 재산의 3분의 1을 드리겠소. 그러니 앞으로 딱 1년만 더 살게 해주시오."

사신이 매몰차게 잘라 말했다.

"안 돼!"

수전노가 싹싹 빌고 또 빌었다.

"그럼 50억을 드리겠소. 그러니 딱 반년만 더 살게 해주십시오. 네?"

"글쎄, 안 된다니까!"

사신이 요지부동하자 수전노는 더욱 다급해졌다.

"그럼 내 재산을 전부 드릴 테니 부디 딱 하루만, 제발……!"

"안 된다면 안 되는 줄 아시오!"

사신이 눈을 부릅뜨고 당장 목숨을 거둬가려 하자 수전노는 절망 상태에 이르렀다. 하지만 곧 정신을 가다듬고 사신에게 마지막으로 부탁했다.

"딱 1분만 주시구려. 아무리 그래도 유서는 남겨야 하지 않겠소?"

사신이 마지못해 그 요구를 들어주었고, 수전노는 바들바들 떨리는 손으로 펜을 들어 마지막 인사말을 남겼다.

'아들아, 명심하거라. 내가 소유한 모든 것을 다 주어도 단 하루를 더 살 수가 없더구나…….'

***

모든 재부를 다 주고도 단 하루의 수명을 연장할 수 없다.

그날이 오늘

도심 외곽의 한적한 화원 앞에 고급 승용차가 멈춰 섰고 말쑥한 차림의 신사가 나타났다. 늙은 원예사가 묵직한 철문을 열어주고는 정성스레 가꿔온 오래된 화원을 구경할 수 있게 해주었다.

젊은 신사가 물었다.

"화원이 아주 근사한데, 주인장 되십니까?"

"아니오. 난 여기 관리인일 뿐입니다."

"여기 사신 지 얼마나 되셨죠?"

"꼭 26년 되었소만."

"그동안 화원 주인은 자주 찾아왔나요? 맨 마지막으로 다녀간 것이 언제였죠?"

"한 13년쯤 되었소."

"주인이 종종 전화나 편지라도 하나요?"

"아니오. 그분은 전화도, 편지 같은 것도 보낸 적이 없습니다."

"그러면 지금까지 월급은 어떻게 받으셨죠?"

"대리인한테 지불받았소."

"대리인은 자주 오겠군요?"

"아니오. 매달 내가 그 집을 찾아가서 받아오는 식이라오."

"그리고 또 누가 오죠?"

"뭐, 거의 혼자 사는 셈이오. 여긴 외진 곳이라서 낯선 사람도 보기 힘들답니다."

신사는 매우 놀랍다는 표정을 지으며 말했다.

"그런데도 화원을 이렇게나 아름답게 가꿔놓으셨군요. 그 이유가 궁금합니다. 보는 이도 없고 인적도 뜸한 이런 곳에, 꼭 내일 당장이라도 주인이 올 것처럼 말이죠?"

노인이 말했다.

"아마 오늘일 겁니다. 전 매일매일 오늘이면 주인님께서 한 번쯤 찾아오실 거라고 생각하고 있죠."

"그렇습니다, 노인장. 바로 지금 당신 눈앞에 서 있습니다."

젊은 신사는 그렇게 말하고 나서 품에서 부친이 남긴 유서를 꺼내 보여주었다. 아버지가 임종하기 직전에 남긴 유언이라면서, 지난 세월 동안 하루같이 정성을 들여 화원을 가꿔준 성의에 감사하기 위해 그 화원을 늙은 원예사에게 증여한다는 증서와 함께.

***

늙은 원예사처럼 오늘을 살아야 한다. 기회를 놓치게 되는 것은 이처럼 오늘을 산다는 각성이 없기 때문이다.

그들은 항상 어제를 원망하고 내일에 희망을 걸고 산다. 늘 '다음부턴 꼭 이렇게 해야지', '내일부턴 달라질 거야' 하는 식의 다짐만 하면서 소중한 오늘을 낭비한다.
시간은 시위를 떠난 화살처럼 한번 지나가면 돌이킬 수 없는 것, 오늘 24시간을 꼭 부여잡아야만 기회의 여신이 미소를 보내올 것이다.

어떻게 살아갈 것인가

지금 당장 시작하라

직장에서 해고된 남자가 앞날을 걱정하는 부인에게 말했다.
"두고 봐! 이제부터 내가 장사를 해서 떼돈을 벌 테니까! 조만간 큰 부자가 될 거라고!"
그러나 남자는 반년이 지나도록 아무런 일도 벌이지 못한 채 무기력한 나날을 보내고 있었다.
"당신, 그렇게 큰소리치더니 뭘 하고 있는 거예요?"
아내의 닦달에 그가 머리카락을 쥐어뜯으며 말했다.
"실패할까 두려워서 그래. 자칫 잘못하면 쫄딱 망한다고!"
"아니, 시도도 안 해보고 무슨 실패예요?"
"장사를 하자니 밑천이 없고, 경험도 부족하고, 마땅한 인맥도 없는데 성공이 말처럼 쉽겠어!"
듣다 못한 부인이 차분하게 타일렀다.
"실패에는 천만 가지 원인이 있을 수 있어도 핑계는 그저 핑계일 뿐이에요. 뭔가를 이루고 싶다면 지금 당장 시작하세요. 이런저런 핑계만 찾느라 허송세월하지 말고요!"

아내의 충고에 남자는 곧바로 어떤 사업에 착수했는데, 다행히 몇 년 뒤에는 안정적인 성공을 거둘 수 있었다. 그가 감개무량해하며 사람들에게 자랑했다.

"성공의 비결은 내 아내였네. 아내의 따끔한 충고가 일생을 바꿔 놓았지!"

***

망설이지 말고 지금 당장 시작하라. 성공이 기다리고 있고, 설령 실패하더라도 그 경험을 밑천으로 삼을 수 있다.

3층부터 지어라

옛날에 우둔하기 짝이 없는 부자가 있었다. 하루는 그가 이웃마을에 사는 부잣집에 놀러 갔다가 3층짜리 양옥집을 구경하게 되었다. 높고 화려한 그 집을 구경하고 난 부자는 그렇게 부러울 수가 없었다.

'내가 이 친구보다 돈이 없는 것도 아닌데, 난 왜 이렇게 멋진 집을 갖지 못한 거지?'

집에 돌아온 졸부는 그 마을 목수를 불러놓고 물었다.

"자네, 이웃마을 왕 씨 영감네처럼 삼층집을 지을 수 있겠는가?"

목수가 흔쾌히 대답했다.

"물론입니다. 그 집도 제가 지은 걸요."

"좋네! 그럼 당장에 그보다 더 멋지고 화려한 집을 한 채 짓도록 하게나!"

목수는 즉시 작업에 착수하여 집터를 닦고 벽돌을 쌓아 3층짜리 양옥집을 짓기 시작했다.

그런데 힘들여 벽돌을 쌓고 있는 모습을 본 부자는 도무지 이해가 되지 않았다.

"자네 지금 무얼 하고 있는 건가?"

"어르신의 3층 양옥집을 짓고 있습죠."

그러자 조급한 부자는 이렇게 말했다.

"아래 두 층은 됐고 맨 위층만 지으라고!"

목수는 하도 어이가 없어 헛웃음을 흘렸다.

"그럴 순 없습니다. 아래층을 안 짓고 어떻게 위층을 짓는단 말입니까?"

그러나 미련한 부자는 끝내 자기 고집을 꺾지 않았다.

"아 글쎄, 아래층은 됐고 맨 위층이나 지으라니까!"

졸부의 말에 구경하던 동네 사람들 모두 그를 손가락질하며 배를 잡고 웃었다.

***

한 그루의 나무도 씨앗에서 싹이 트고 뿌리를 내려 목재로 성장하고, 사람의 지식과 학문 역시 한 글자, 한 구절씩 배우면서 누적되어 형성되는 것이다. 나무에는 뿌리가 있고 물에는 그 수원이 있다는 간단한 이치를 안다면 누가 감히 공중누각을 꿈꾸겠는가!

성공에도 특출한 기교가 있을 수 없다. 기초를 튼튼히 다지면서 한 발 두 발 착실하게 매진해나가는 것이 유일한 비결이다.

가말의 모험

알렉산드리아에 사는 가말은 어느 날 길에서 우연히 엄청나게 큰 보석을 발견했다. 흥분한 가말은 생각했다.

'이건 한눈에 봐도 엄청난 다이아몬드다! 큰 재산이 될 수 있을 것 같으니 우선 보석상을 찾아가 감정부터 해봐야겠어.'

얼마 후 그 보석을 감정하고 난 보석상이 가말에게 말했다.

"축하하오. 다이아몬드가 확실합니다. 그러나 안타깝게도 여기 알렉산드리아에서는 이 보석의 가치가 얼마나 되는지 알 수가 없습니다. 제대로 감정을 받으려면 런던으로 가야 할 겁니다."

가말은 깜짝 놀랐다.

"아니, 무슨 수로 런던까지 간단 말입니까?"

"그야 당신이 알아서 할 일이죠."

며칠 동안 고민한 가말은 얼마 안 되는 재산이나마 모두 처분하고 나서 배를 갖고 있는 해적을 찾아갔다.

"내가 가진 거라곤 엄청난 가치가 있는 이 다이아몬드뿐입니다.

이 보석을 제대로 감정하려면 런던까지 가야 하는데, 지금은 가진 돈이 없소. 런던에 도착해서 이 다이아몬드를 팔면, 그때 대금을 지불하면 안 되겠소?"

해적의 우두머리는 가말이 머잖아 큰 부자가 될 것이라고 확신했다. 그래서 망설임 없이 제안을 받아들이고 그에게 좋은 선실을 내주고 극진하게 대접해주었다.

항해는 순조로웠다. 그런데 어느 날 식사를 마친 가말은 식탁 위에 다이아몬드를 놓아둔 채로 깜빡 잠이 들어버렸다. 그 사이에 해적의 부하 한 명이 청소를 하러 들어왔고, 식탁을 정리하면서 식탁보를 선실 밖으로 가지고 나가 바다 위에서 털어버렸다. 가말의 보석은 그렇게 바닷속으로 사라져버렸다.

얼마 후 잠에서 깬 가말은 곧 큰일이 났다는 사실을 깨달았다. 여비를 지불할 돈도 없었던 그는 이제 목숨까지 위태로워진 것이었다.

'자칫 당황하다간 개죽음을 당할 게 뻔하다. 정신 차리고 차라리 아무 일 없다는 듯 태연하게 행동하자. 그러면 무사히 살아남을지도 몰라.'

가말은 그렇게 겉으로 태연한 척하면서도 속으로는 애가 타들어가는 시간을 보냈다. 여행은 무사히 계속되었고 해적들은 여전히 그를 깍듯하게 대했다.

하루는 해적의 우두머리가 가말을 찾아와서 말했다.

"매우 중요한 부탁을 드리려고 합니다. 당신은 이제 거부가 될 분이니 큰 권력도 얻게 되겠지요. 이 배에는 지금 호밀이 가득 실려 있습니다. 그런데 배가 런던에 도착하면 영국 세관은 틀림없이 해적인 날 의심할 겁니다. 훔친 물건이라며 모두 압수하려 들지도 모르고, 엄청난 세금을 요구할 수도 있습니다. 그래서 말인데, 잠깐이나마 당신을 이 곡물의 소유주로 신고하면 안 될까요?"

가말은 혹시 뾰족한 수가 생길지도 모른다는 생각에 그 제안을 흔쾌히 받아들였다. 해적이 덧붙여 말했다.

"영국에 도착하면 수고비를 후하게 쳐서 보답하겠습니다."

그러면서 해적은 복잡한 서류들에 사인을 하도록 했고, 가말은 해적선에 실린 엄청난 호밀의 화물주가 되었다.

런던에 도착하자 해적은 호밀을 아주 좋은 값에 팔아 큰 이익을 챙겼다.

그런데 뜻밖에도 전혀 예상치 못한 일이 벌어졌다. 해적의 우두머리가 돌발적인 심장마비로 쓰러져 그만 세상을 하직하고 말았다. 당연히 모든 수익금은 가말의 몫이 되었고, 그는 다이아몬드를 잃어버리고도 엄청난 갑부가 되는 행운을 거머쥐었다.

***

하늘이 무너져도 솟아날 구멍이 있다. 위기에 처했을 때 필요한 것은 현명한 판단력과 인내심, 그리고 용기와 집중력이다.

도넛

도넛이 처음으로 사람들에게 선보일 당시의 이야기다.
도심 외곽에 맛있다고 소문난 도넛 가게가 있었는데, 낙관론자와 비관론자가 거의 비슷한 때에 그곳을 방문하여 도넛을 사먹고 돌아갔다.
그 후 누군가가 두 사람에게 도넛이 과연 어떤 음식이냐고 물어보았다. 먼저 낙관론자가 말했다.
"아주 맛있으면서도 먹고 나니 속이 든든했어요."
그와 달리 비관론자는 이렇게 말했다.
"사람들이 하도 떠들어대기에 신기한 음식인가 싶었는데, 빵 중간에 구멍을 뚫어 기름에 튀긴 것이더군요."

***

낙관론자가 본 것은 도넛이라는 새로운 음식이었지만, 비관론자가 본 것은 빵에 뻥 뚫린 구멍뿐이었다.
낙관론자는 기분 좋게 음식을 즐기지만, 비관론자는 아침을 먹으면서 다음 끼니를 걱정한다.

당나귀의 재롱

개와 당나귀가 한집에 살았다. 개는 주인이 외출했다가 돌아올 때면 쪼르르 달려가 꼬리를 흔들어대면서 귀여움을 떨었고, 그러면 주인도 좋아하며 목덜미를 어루만져주었다.

그런 모습을 지켜보는 당나귀는 늘 속이 쓰렸다. 자기는 일만 하면서 툭하면 매를 얻어맞는데, 개는 하는 일도 없이 주인의 사랑을 독차지하는 것이 배가 아팠다.

'내 무슨 수를 써서라도 주인의 환심을 사고야 말 테다!'

결심을 굳힌 당나귀는 그 이튿날 즉시 행동으로 옮겼다.

주인이 돌아오기가 무섭게 괴성을 지르며 뛰어가서는, 주인의 어깨에 앞발을 껑충 들어 올리고 혀를 쭉 빼서 널름거렸다. 그 당돌한 행동에 깜짝 놀란 주인이 당나귀를 와락 떠밀었고, 쿵 나가떨어진 당나귀의 등에는 주인의 호된 채찍 세례가 퍼부어졌다.

***

저다마 설 위치가 따로 있다. 능력도 안 되면서 남의 자리를 탐하려다간 화를 자초한다.

어떤 스카우트

어느 기업의 총수에게는 꼭 스카우트해오고 싶은 네 명의 유능한 인재가 있었다. 그들을 회사의 미래를 이끌어갈 핵심 인력으로 판단한 것이었다. 그러나 인사 파트 사람을 보내 영입을 시도했지만 번번이 실패하고 말았다. 마땅한 수가 없어 골머리를 앓고 있을 때 한 평사원이 찾아왔다.

"제가 그들을 설득해보겠습니다. 그런데 만약 성공하면 저한테도 무슨 인센티브가 있을까요?"

총수가 활짝 웃으며 대답했다.

"물론! 자네가 성사시키기만 하면 내 자네의 연봉을 세 배쯤 인상해주지!"

총수는 그렇게 파격적인 조건을 내걸었다. 하지만 지금껏 담당 직원들도 해내지 못한 일을 일개 사원이 해낸다는 건 사실상 불가능하다고 생각했다.

그런데 꼭 보름째 되는 날, 그 네 명의 인재가 나란히 총수 앞에 앉게 될 줄이야! 더군다나 그들은 한결같이 회사를 위해 충성을 다하겠다고 다짐하는 것이었다!

총수는 도무지 믿기지가 않았다.

"젊은 친구들, 정말이시오?"

"물론입니다."

"몸 바쳐 회사를 위해 일하겠습니다!"

총수는 너무나도 기쁜 나머지 그 자리에서 덩실덩실 춤까지 추었다.

며칠 후 총수가 그들을 영입하는 데 혁혁한 공을 세운 젊은 사원을 불러 자초지종을 물었다.

"간단합니다. 전 사람마다 끌리는 것이 따로 있다고 생각하고, 그들이 가장 중요시하는 게 무엇인가를 먼저 파악해보았습니다."

"호오, 그래서?"

"성격이 내성적인 '갑'은 모 유명 모델을 따라다녔지만 좀처럼 그녀의 마음을 사로잡을 수 없었고, 효자인 '을'은 홀어머니의 건강을 최우선으로 여겼죠. 또 '병'은 춤이라면 환장했고, '정'은 책이라면 사족을 못 쓰는 사람이었죠. 이에 전 '갑'에게 우리 회사에 들어오면 무슨 수를 써서라도 꼭 그 모델과 연이 닿게 해주겠다고 약속했고, '을'에게는 회사에서 전문 간병인을 파견하여 홀어머니를 돌보겠다고 약속했습니다. 그리고 '병'한테는 아이돌 출신의 예쁜 파트너를 붙여주겠다고, 정한테는 도서구입비 전액을 회사에서 지원하겠다고 약속했습니다."

총수는 약속대로 그의 연봉을 대폭적으로 인상했을 뿐만 아니라 그를 기획실장으로 승진시켰다.

***

새들도 좋아하는 먹잇감이 따로 있고, 사람마다 미혹되는 방식이 따로 있음을 명심하라.

카펫 밑의 뱀

페르시아의 한 카펫 상인은 자기 가게에 무척이나 신경 썼다. 시간이 날 때마다 가게 구석구석을 청소했고, 조금이라도 거슬리는 데가 있으면 즉시 정리해놓아야 직성이 풀렸다.
그날도 여느 때와 마찬가지로 가게 안을 둘러보는데, 바닥에 펴놓은 카펫의 가운뎃부분이 불룩 튀어나와 있는 것이 눈에 거슬렸다. 상인은 즉시 발로 그곳을 밟아 펴놓으려 했다.
그런데 그곳을 펴자 다른 부분이 불룩해졌고, 다시 그곳을 밟자 골려먹기라도 하듯 또 다른 쪽이 튀어나왔다.
이에 화가 난 상인이 두 팔을 걷고 아예 카펫 한 자락을 휙 뒤집어 보았다. 그러자 뜻밖에도 뱀 한 마리가 빠져나가는 게 아닌가……!

***

성공하려면 자기계발에 힘쓰고, 수시로 자신에게 어떤 문제가 없는지를 점검해야 한다. 그래서 문제점이 있으면 즉시 개선하고 확실한 해결 방안을 마련해야 하는 것이다.

세상에서 가장 어리석은 사람

옛날에 형제가 살고 있었는데, 항상 똑똑한 동생에게만 행운이 따라서 큰 부자가 되었고 바보 같은 형은 늘 가난했다.

하루는 형이 궁궐처럼 화려한 집에 살고 있는 동생을 찾아갔다. 그런데 막 대문을 두드리려 할 때 그 앞에 서 있는 파란 도깨비가 눈에 들어왔다.

"넌 누구니?"

"난 당신 동생의 행운이오."

호기심이 생긴 형이 조심스레 물어보았다.

"그럼 혹시 내게도 행운을 나눠줄 수 있니?"

"그건 안 되오!"

파란 도깨비가 대답했다.

"난 당신 동생의 행운이오. 절대 당신의 행운이 될 수는 없소."

형이 물었다.

"그렇다면 내 행운은 대체 어디 있는 거야?"

"당신의 행운은 저 산꼭대기에 살고 있는 초록 도깨비요. 한번 찾아가보시오. 지금은 자고 있겠지만 깨우면 일어날 것이오."

그 말을 들은 형은 자신도 행운을 잡게 되었다는 생각에 뛸 듯이 기뻐하며 초록 도깨비가 있다는 산을 향해 뛰어갔다.

그런데 부지런히 산을 오르다가 뜻밖에도 무시무시한 사자와 마주치고 말았다. 겁에 질린 형이 애원하며 말했다.

"사자야, 제발 날 잡아먹지 말아다오! 난 지금 행운을 만나러 가는 길이야."

그러나 사자는 완강한 어조로 말했다.

"누구든 내 수수께끼를 풀지 못하면 통과할 수 없다!"

"좋아, 뭐든 질문해다오. 하지만 그 답은 내 행운이 말해줄 거야. 내 행운은 아주 영리한 도깨비거든."

"흠. 그렇다면 지금은 그냥 보내주지. 어쨌든 넌 돌아가는 길에 이곳을 통과해야 할 테니까."

그러면서 사자가 문제를 냈다.

"난 항상 배가 고픈데, 언제쯤 내 배고픔이 사라질까?"

사자한테서 풀려난 형은 다시 출발하여 마침내 산 정상에 도착했다. 그곳에는 예상대로 초록 도깨비가 자고 있었고, 형이 서둘러 도깨비를 깨우면서 말했다.

"얘기는 좀 이따가 하고, 우선 난 사자를 만나러 가야 해. 사자의 질문을 말해줄 테니 그 해답을 알려다오. 사자는 항상 배가 고픈데, 언제쯤 사자의 배고픔이 사라질까?"

초록 도깨비는 별다른 고민도 없이 곧바로 대답했다.

"그거야 간단하지! 세상에서 가장 어리석은 자의 골을 먹으면 사라질 거야."

도깨비의 말을 들은 형은 곧바로 사자를 찾아가 의기양양하게 말했다.

"해답을 알아냈어. 세상에서 가장 어리석은 자의 골을 먹으면 배고픔이 사라질 거래."

사자가 말했다.

"그럼 널 잡아먹으면 되겠구나. 너야말로 세상에서 가장 어리석고 멍청한 녀석이니까!"

***

누구에게나 행운과 성공 노하우는 따로 있다. 남의 성공은 남의 것일 뿐 섣불리 모방해서는 안 된다.

연료와 불씨

기자가 한 분야에서 크게 성공한 기업가를 찾아가 물어보았다.

"똑같은 조건과 재능을 지녔는데도 누구는 성공하고 누구는 성공하지 못하는 까닭이 무엇일까요?"

기업가가 대답했다.

"기회란 놈이 성공한 사람을 도와주었으니 나머지는 실패할 수밖에 없지 않겠어요?"

기자가 탄식했다.

"기회란 것이 정말 종잡을 수 없는 변수로군요!"

그 말에 기업가는 고개를 가로저었다.

"틀렸어요. 기회란 불씨라오."

"불씨요?"

"그렇소."

성공한 사람이 말했다.

"성공하는 사람은 능동적으로 그것을 찾아다니고, 실패하는 사람은 항상 앉아서 기다리기만 하오. 특히나 의지가 강한 사람은 그 스스로가 연료이자 불씨이기 때문에 아주 쉽게 자신을 불태워 빛과 열을 발산할 수 있소. 그리고 어떤 사람은 연료처럼 빛과 열을 내뿜을 가능성은 있지만 불씨가 없기 때문에 기회가 주어지기를 기다려야 하지. 가장 한심한 경우는 이도 저도 아니어서 불씨가 다가와도 불이 붙지 않아서 발산할 수 없는 존재들이오. 그들은 모처럼 찾아온 기회마저 놓쳐버리고 말지."

***

하늘이 부여한 재능은 모두에게 평등하고, 따라서 우리에게는 그것을 성취할 능력이 있다. 가만히 앉아 기회가 주어지기만을 기다리지 말고 그것을 찾아나서야 하고, 발견하고 창조해야 한다. 성공에는 지혜로운 도전과 과감한 행동, 자신의 행동에 대한 책임을 필요로 한다.

사막 마라톤

세 사람의 철인이 사막 마라톤 경기를 벌이게 되었는데, 그 룰은 아주 단순했다. 걷거나 뛰어서 사막을 가로지르되, 그 어떤 도구도 사용할 수 없고 물과 음식도 섭취할 수 없었다. 오직 긴급 상황이 발생하여 경기를 포기할 때만 몸에 지닌 통신 장비로 구조를 요청할 수 있었다.

경기가 시작되었고 세 사람이 출발했다. 처음 절반의 여정은 그런대로 순탄하여 셋은 엇비슷한 속도로 달렸다. 뜨거운 태양 광선이 절정에 달하고 폭염이 쏟아지자 탈진 증상이 시작되었다. 갈증이 극에 이르자 셋 중 두 명이 멈춰 서서 어떡하면 물을 마실 수 있을지 의논했다. 한 명은 근처를 샅샅이 뒤져보자고 제안했고, 다른 한 명은 차라리 지휘부에 연락을 취하자고 말했다. 셋 중 한 명만 묵묵히 앞으로 나아갔고, 결국에는 그가 우승을 차지했다.

얼마 후 한참을 뒤처져서 도착한 두 사람이 우승자에게 물어보았다.

"정말 대단하군. 자넨 갈증을 이겨낼 무슨 특수한 기능이라도 지닌 건가?"
"물을 구할 수 없다는 걸 빤히 알면서도 목이 마르다고 생각해봐야 무슨 소용인가. 자네들이 지금 물 이야기를 하니까 그때 얼마나 목이 탔는지 이제야 생각나는군!"
말을 마친 우승자는 고개를 뒤로 젖히고 호쾌하게 생수 한 통을 비웠다.

***

성공하기 위해서는 굳은 의지와 인내심, 불굴의 투지가 필요하다.
몸과 마음이 지쳤을 때는 손가락 하나도 까딱하기 힘들다. 하지만 내면의 건강한 인내심을 불러일으킨다면 곧 움직일 수 있고, 그러다 보면 완전한 자기 의지로 움직일 수 있게 된다.
무엇보다 먼저 인내심을 갖춰야 한다. 하릴없이 시간을 낭비하면서 스멀스멀 나태함이 기어 나와 자신의 투지를 갉아먹게 해서는 안 된다. 항상 끊임없이 움직이도록 자신을 채찍질해야 한다.

소유의 고통

평소에 검소해서 돈 한 푼 낭비하지 않는 사람이 입버릇처럼 말했다.

"절약하고, 절약하고, 또 절약하라. 돈 없이 거리에 나앉으면 무슨 수로 산 입의 거미줄을 거두랴!"

만약 그를 아는 누군가가 거리에서 그를 만난다면, 아마도 그는 30년은 더 된 고물 승용차를 몰고 다니며 자기 영업에 동분서주하고 있을 것이었다.

그런데 정말 기적 같은 일이 벌어졌다. 친구들과의 모임이 있는 날, 그가 윤기 자르르한 새 외제차를 몰고 나타난 것이다!

희색이 만면한 얼굴로 그가 친구들을 둘러보며 말했다.

"오늘 새로 뽑았는데 이따가 드라이브나 시켜줄까?"

한 친구가 미심쩍은 듯 물었다.

"너, 이 차 빌린 거 아냐?"

"무슨 소리, 오늘 뽑은 거라니까!"

모임에 참석한 친구들 모두 그 멋진 차를 구경하느라 여념이 없었다.
"이제 그 고물 덩어리는 폐차시켰겠지?"
"입만 열면 '절약, 절약' 하더니만 결국 성공했구나!"
친구들은 마냥 부러워했다.
그런데 그 사람이 꼭 한 달 만에 친구들과의 모임에 다시 나온 그는 예전의 낡은 차를 몰고 나왔다. 친구들이 외제차는 어떻게 했느냐고 묻자 그가 탄식하며 말했다.
"새 차가 좋긴 한데, 오다가 사고 나지 않을까 해서 그냥 집에 두고 왔어."
그로부터 보름 후 그 사람은 정신과 의사를 찾아갔다.
"아무래도 제가 무슨 공포증에 사로잡힌 것 같습니다."
"증상이 어떻습니까?"
"아 글쎄, 눈만 감았다 하면 도둑놈이 제 차를 훔쳐가는 것이 보여서 도무지 잠을 잘 수가 있어야죠. 너무도 고통스럽습니다."
의사는 다양한 방법을 동원하여 그의 공포증을 치료하려 했지만 별반 효과가 없었다. 그래서 어쩔 수 없이 이런 결론을 내렸다.
"아무래도 벤츠를 팔아버리는 게 최선일 것 같습니다."

***

가장 큰 불행은 자신이 그토록 갈망하던 바를 얻게 되었을 때 찾아오기도 한다.

새로 부임한 사장

그룹 계열의 어느 회사에 새로운 사장이 부임해왔다. 직원들은 사장에게 잘 보이려고 다들 일찍 출근하고 근무시간이 지났는데도 열심히 일했다.

신임 사장은 그런 열성을 애써 못 본 체하고 누구에게든 싱글벙글 웃어주었다. 직원들의 업무 성과와 근무 태도에 대해서도 전혀 언급하지 않았고, 때로는 자기 사무실에 틀어박혀 다른 일에는 신경도 쓰지 않았다.

그렇게 시간이 지나자 처음에 긴장했던 직원들의 태도가 점점 느슨해졌다. 잘 보이려는 노력도 사라지고 케케묵은 관성들이 점차 꼬리를 드러내기 시작했다.

한 직원은 이렇게 수군거렸다.

"새로 온 사장도 별거 아닌 것 같아. 대충대충 해도 될 것 같던데 뭐!"

그즈음 사장이 갑자기 조직에 변화를 주기 시작했다. 대폭적인 조직 개편이 실시되었고, 우수 사원을 장려하는 한편 무능하고 나태

한 직원들을 인사 조치했다. 새로운 업무와 함께 합리적인 구조조정도 감행되었다. 그러자 사원들 모두 그의 통솔력을 인정하게 되었고, 그 후 회사는 더욱 발전했다.

대폭 신장된 실적이 공개되는 회사 주주총회에서 한 직원이 그에게 물었다.

"사장님, 왜 처음에는 가만히 지켜보기만 하다가 한참이 지나서야 통솔력을 보이신 겁니까?"

사장이 미소 지으며 말했다.

"일시적인 판단으로 섣불리 조직을 흔들어서야 쓰겠는가? 직원들의 품행과 조직력은 시간이라는 혜안을 거치고 나야 확실히 판단할 수 있는 것이오."

***

엄동설한의 꽁꽁 언 꽃밭을 보고 가타부타 논하지 마라. 봄이 와서 저마다의 꽃들이 자태를 뽐내는 걸 보고 나서 합창을 준비해도 늦지 않다.

등산가와 시인

한 등산가는 일생 동안 수많은 산에 올랐고 여러 대륙에 걸쳐 있는 최고봉을 등정했다. 한편 시인은 그런 산들을 바라보며 동경했지만 단 한 번도 정상에 올라본 적이 없었다. 대신에 그는 미지의 산정에 대한 시를 여러 편 발표했다.

한번은 등산가가 시인에게 제안했다.

"우리 함께 산에 올라가보지 않겠소?"

등산가의 속셈은 시인이 난감해하는 모습을 조롱하려는 것이었다. 그런데 예상외로 시인이 선뜻 제안을 받아들였다.

"좋습니다. 함께 가까운 산에라도 올라봅시다."

그로부터 며칠 후 두 사람은 나란히 교외의 산을 오르게 되었는데, 결과는 예상한 대로였다. 등산가는 전문가다운 속도로 큰 힘을 들이지 않고 산 정상에 올랐다. 그와 달리 시인은 걷다 쉬기를 반복하면서 멋진 풍광들에 사로잡혀 떠오르는 단상을 메모하느라 여념이 없었다. 그러다 보니 산 중턱에서 더 이상 올라갈 힘이 없었다.

정상을 밟고 하산하며 등산가가 시인에게 말했다.

"시란 건 골방에 앉아 공상이나 하면 되지만, 등산은 굳은 결의와 실력이 필요한 것이오!"

그러자 시인이 물었다.

"당신은 수많은 산을 정복했다고 하는데, 매번 기어오를 때의 감정과 그 과정에서 본 다양한 풍경에 대해 말할 수 있겠소?"

"난 오직 산을 오르는 것만 생각할 뿐 다른 건 전혀 개의치 않소."

등산가의 대답에 시인이 말했다.

"오직 목표만 추구하고 다른 것은 외면하는 건 행운임과 동시에 불행일 수도 있소!"

얼마 후 등산가는 또다시 어느 산 정상에 도전했다가 그만 실패하고 말았다. 그러자 수치심을 견디지 못한 그는 결국 절벽에서 투신하고 말았다.

그 소식을 접한 시인이 한탄했다.

"안타깝게도 그건 아마도 실패한 그가 선택할 수 있는 유일한 탈출구였겠지……."

***

목표 실현에만 급급하여 그 분투 과정을 무시한다면 인생의 수많은 의의를 상실하게 될 것이다.

공임 1만 달러

독일 자동차 회사의 대형 전동기가 고장 났다. 그런데 사내의 전문가들이 무려 석 달에 걸쳐 대대적인 점검을 해보았지만 고장 원인을 밝혀내지 못했다. 그 기간 동안 생산 라인이 가동되지 않아 수백만 달러의 손실을 입었다.

하루라도 빨리 손실을 줄이기 위해 회사에서는 유명 전동기 전문가를 초청했다. 전문가는 이틀에 걸쳐 꼼꼼하게 점검하더니, 전동기의 어느 부위에 선 하나를 그어놓고 함께 온 조수에게 말했다.

“이 부분을 열어서 기어에 동선 15조를 감아놓으면 정상적으로 작동할 걸세.”

조수가 시키는 대로 하자 신기하게도 정말 윙윙 소리를 내며 전동기가 작동했다.

얼마 후 회사 측에서 고마움을 표하면서 전문가에게 수고비 청구를 부탁했다.

“1만 달러면 충분합니다.”

옆에서 듣고 있던 한 사람이 펄쩍 뛰면서 말했다.

"세상에나! 이게 무슨 소립니까? 이틀 동안 두리번거리다가 겨우 선 하나 그어놓고 1만 달러를 달라니!"

그러자 전문가는 빙그레 웃으며 이렇게 말했다.

"사실 실력과 무지는 한 치 차이밖에 안 됩니다. 그렇지만 그 한 치가 결정적인 결과를 낳죠. 맞습니다. 선 하나 긋는 덴 기껏해야 1달러 값어치밖에 못하겠죠. 1만 달러는 그 선을 어디에 그어야 하는가를 정확히 짚어내는 데 필요한 겁니다."

***

어떤 분야에서든 전문가가 되고 성공하기 위해서는 세 가지가 필요하다. 재능, 공부, 노력이 그것이다.

목표에 정성을 쏟으면, 목표도 그 사람에게 정성을 쏟는다.
계획에 정성을 쏟으면, 계획도 그 사람에게 정성을 쏟는다.
무엇이든 좋은 것을 만들어내면, 결국 그것이 그 사람을 만드는 법이다. _짐 론

아이들의 시선으로

어느 완구 회사가 상반기 실적을 분석해본 결과 우려할 정도로 매출이 감소하고 재고량이 심각했다. 이에 회사에서는 외부 전문가들을 초빙하여 경영 전반을 점검하고 매출 신장 방안을 모색하기에 이르렀다.

그런데 영업부에서 초빙한 전문가가 전혀 뜻밖이었다. 매니저가 채 한글도 떼지 못한 코흘리개 꼬마들을 불러온 것이었다. 임원이 그 매니저를 힐책했다.

"지금 장난하는 거야 뭐야? 이 비상시국에 아이들을 불러다가 어쩌려고?"

하지만 매니저는 자기주장을 굽히지 않았다. 꼬마들의 여러 의견과 이런저런 비판, 지적 사항에 따라 제품을 개선할 제안서를 작성하여 제출했다.

상품개발실에서 그 제안서를 검토해보니 나름대로 타당성이 있었다. 그래서 의견을 반영한 새 제품을 만들어 시장에 유통시킨 결과 인기를 끌어 매출이 껑충 뛰었다.

그런 일이 있고 난 후 신기하게 여기고 물어오는 사람들에게 그 매니저가 말해주었다.

"아이들은 제품의 개발이나 설계에 대해서는 문외한이죠. 하지만 그 아이들이야말로 전문가들이 가질 수 없는 창의적인 아이디어를 갖고 있어요."

"이를테면?"

매니저가 경리실에서 한창 지폐를 세느라 여념이 없는 직원을 가리키며 물었다.

"저 직원은 지금 무얼 하고 있죠?"

"그야 수금액을 확인하고 장부를 정리하고 있지."

"맞습니다. 하지만 아이들은 저런 모습을 보고 돈을 갖고 놀고 있다고 말하죠. 돈 세는 게임을 하고 있다고 말이죠."

"……!"

"아이들 눈엔 세상의 모든 일이 놀이예요. 만지고 놀면서 생겨나는 사물에 대한 독특한 관찰력과 독창적인 견해는 이미 자기 분야에 길들여진 우리 전문가들로선 불가능한 일이지요. 전 아이들의 그 창의적인 시각을 운용했을 뿐입니다."

***

가끔 문외한의 안목은 전문가들이 놓쳐버리기 쉬운 문제를 발견해낸다.

두 신발장이

한 스승 밑에서 신발 만드는 기술을 익힌 선후배가 독립하여 각자의 가게를 차렸다.

선배는 스승에게 배운 기술 그대로 손님들에게 구두를 맞춰주었다. 반면 후배는 스승에게 배운 기술에다 손님들의 요구와 취향을 결합하여 새로운 구두를 만들어냈다. 그러자 얼마 후 후배의 가게는 손님으로 문전성시를 이루었고, 선배의 가게는 손님의 발길이 뜸해져 가게를 유지하기도 벅찼다.

어느 날 선배가 스승을 찾아가 말했다.

"저 아이는 단지 돈 벌 생각에만 눈이 뻘게져서 전통과 규율 따위는 안중에도 없습니다. 하지만 전 굳은 각오로 묵묵히 신발장이의 본분을 지키고 있습니다."

이에 스승이 후배를 불러들여 준엄하게 꾸짖었다.

"네 선배의 말이 사실이더냐?"

후배가 미소를 지으며 말했다.

"우리가 만드는 신발이 스승님과 조상들이 만들어온 것과 천편일률적으로 똑같아야 한다면, 그건 요즘 사람들더러 죽은 사람들의 신발을 신으라는 거잖아요? 스승님께서 저희한테 기술을 전수하신 것은 그것을 기초로 해서 더 확대?발전시키기를 바라는 마음에서일 것입니다."

그 말에 스승이 크게 기뻐하며 선배 제자에게 말했다.

"우리 일의 존엄을 지킨 사람은 네 후배로구나. 무슨 일이든 옛것만 고집하고 새롭게 창조하지 않았다면 어떻게 우리가 이만큼 발전할 수 있었겠느냐! 돌아가 잘 생각해보거라."

***

전통만 계승하고 창조하지 않는다면 계승의 진정한 의미를 상실하게 된다.

늑대의 상금

목에 뼈가 걸린 늑대는 몹시 고통스러웠다. 그래서 누구든 자기 목에 걸린 뼈를 빼준다면 큰 사례를 하겠다고 말했다.
이에 긴 부리를 가진 학이 찾아와 망설임 없이 늑대 입안에다 머리를 들이밀고 목에 걸린 뼈를 뽑아주었다. 그런 다음 사례를 요구하자 늑대가 냉소하며 말했다.
"흥! 네 머리가 지금껏 무사하다는 사실만으로도 충분히 사례가 됐을 텐데?"

***

큰 대가가 따르는 일에는 항상 무모한 사람이 나타난다. 유혹은 그만큼 달콤하니까. 그러나 아무리 상금에 눈이 어두워도 목숨을 함부로 내거는 건 밑지는 장사다. 다음번에 늑대의 입안에 들어 있는 것은 뼈 정도가 아닐 것이다.

목수의 선물

다섯 아들을 둔 젊은 목수가 있었다. 그는 밤낮으로 일했지만 빠듯한 생활고로 여러 식구를 건사하기가 힘들었다. 결국 그는 돈을 벌기 위해 유일한 밑천인 연장통을 메고 먼 곳으로 떠났다.

그로부터 20여 년이 흘렀고, 젊은 목수는 다 늙어서야 집으로 돌아왔다. 그간 온갖 고생을 하여 큰돈을 벌었고 다섯 아들도 장성하여 어른이 되어 있었다. 목수가 아들들을 불러놓고 말했다.

"그간 밖으로 떠도느라 너희를 돌보지 못했구나. 이미 세상을 뜬 너희 어미만 고생시켰고 말이다. 오늘 그간 빚진 아비의 정을 갚기 위해 너희에게 특별한 선물을 주려고 한다. 누가 어떤 선물인지 맞혀보겠느냐?"

맏이가 생각할 것도 없다는 듯이 말했다.

"큰돈이겠죠. 아버지가 많은 돈을 벌어왔다는 건 누구나 다 아는 사실이에요."

목수가 고개를 가로저었다.

"틀렸다. 돈이 아무리 많아도 한번 말아먹기 시작하면 선산을 다 팔아도 부족하다. 이 선물은 세상에서 가장 장구한 것이다."

둘째가 말했다.

"그럼 아버지는 우릴 위해 관직을 사두신 거로군요. 자식들의 출세를 위해서 말이죠."

"아니다. 이 선물은 세상에서 가장 믿음직한 것이다. 관직이 좋다 하나, 한평생 머물러 있는 사람이 누가 있더냐?"

셋째가 곰곰이 생각하더니 말했다.

"그럼 저희를 돌봐줄 돈 있고 권세 있는 후견인을 만들어놓으셨군요?"

목수가 실망하며 이번에도 고개를 저었다.

"그건 더더욱 아니다."

넷째가 짜증난다는 듯이 말했다.

"대체 무슨 보물단지이기에 그렇게 뜸을 들이세요? 주려거든 얼른 주세요!"

"녀석, 성질머리 하고는!"

마지막으로 잠자코 형들의 말을 듣고 있던 막내가 자리에서 일어났다. 그러고는 방 한쪽의 자루에서 아버지가 한평생 몸에 지니고 다닌 연장들을 끄집어내며 말했다.

"아버지는 아마도 장차 우리가 살아나갈 재주를 가르쳐주시려나 보죠?"

그 말에 목수가 크게 기뻐하며 총명한 막내를 바라보았다.

"그래도 막내가 이 아비의 마음을 잘 아는구나. 넌 이미 지혜를 갖추었으니 이제 이 아비한테서 목공 기술을 익힐 일만 남았다."

목수는 막내아들에게 자신의 목공 기술을 전수해주고, 벌어온 돈은 네 아들에게 골고루 나눠주었다.

몇 년 후 목수가 죽고 난 뒤 맏이와 둘째, 셋째, 넷째아들은 아버지가 물려준 돈을 모두 탕진하고 빈털터리가 되었지만 막내는 뛰어난 목공 기술로 돈도 많이 벌고 그 고장의 명인이 되었다.

***

지혜와 재능이 세상을 살아가는 데 가장 유용한 기술이요 가장 오래간다.

두 부류의 걸인들

옛날에 굶주린 두 사람이 한 어부한테서 낚싯대 하나와 생선 한 망태기를 선물 받았다. 그래서 한 사람은 생선 망태기를, 다른 한 명은 낚싯대를 들고 각자 길을 떠났다.
생선을 얻은 사람은 모닥불을 피우고 생선을 구워 먹었는데, 얼마 지나지 않아 생선이 바닥나자 텅 빈 망태기를 부둥켜안은 채 죽었다. 낚싯대를 든 사람은 주린 배를 달래며 간신히 바닷가를 향해 걸어갔는데, 저만치 펼쳐진 바다에 도착하기도 전에 기력이 다해 쓰러지고 말았다.
그로부터 몇 달 후, 또 다른 걸인 두 명이 이번에도 똑같이 어부한테서 낚싯대와 한 망태기의 생선을 선물 받았다. 그러자 이 둘은 흩어지지 않고 서로 의논하여 함께 바다를 찾아가기로 했다. 이들은 한 끼에 꼭 생선 한 마리씩 구워 먹으면서 오래도록 걸어서 마침내 바닷가에 도착했고, 합심하여 물고기를 잡기 시작했다. 몇 년 후에는 집도 짓고 각자의 가정도 꾸렸으며 어선까지 장만하여 풍족한 삶을 누렸다.

***

하늘이 인간 각자에게 부여한 재능과 지혜는 다를 수밖에 없다. 따라서 서로 힘을 합쳐 장점으로 단점을 보완해야 한다. 명심해야 할 점은, 다른 사람을 도와줄 때 자신도 행복해질 수 있다는 것이다.

기적의 마인드 컨트롤

제2차 세계대전 당시 한 군의관은 독일의 포로수용소에 수감되어 있는 동안 온갖 능욕을 당하면서도 끝끝내 살아남았다.

그 군의관도 한때는 절망감에 사로잡힌 적이 있었다. 수용소에는 살육의 피비린내만 진동할 뿐 인간에 대한 존엄성 같은 것은 손톱만큼도 찾아볼 수 없었다. 총을 든 자들은 한마디로 짐승이었다. 그들은 눈도 하나 깜빡이지 않고 무고한 어린아이와 노인들, 아녀자들을 처형했다. 날마다 눈을 뜨고 목격해야 하는 죽음의 공포가 엄청나게 큰 압박감으로 다가왔다. 그래서 수용소에는 미쳐버리는 사람이 부지기수였고, 그는 자신도 머잖아 똑같이 변해버릴 것임을 알고 있었다.

어느 날 긴 행렬을 지어 수용소 안의 공사장으로 이동하던 그는 갑자기 어떤 환각 같은 것을 느꼈다.

'저녁에 살아 돌아와 식사를 할 수 있을까? 운동화 끈이 끊어졌는데, 버려진 끈이라도 하나 주울 수 없을까?'

그런 환각들은 사정없이 그를 괴롭히며 불안하게 했다. 그는 어떻게든 재수 없는 일들을 떠올리지 않으려고 이를 악물면서, 자신은 지금 학생들에게 강연을 하러 가는 길이라고 상상해보았다. 그러자 과연 밝고 넓은 교실에 들어선 것처럼 생각되면서 정신 상태가 한결 나아졌다.

그의 얼굴에 절로 미소가 피어올랐다. 그는 자신이 아주 오랜만에 웃어본다는 사실을 알았고, 자신이 아직 웃을 수 있다는 생각이 들자 죽지 않고 살아남을 수 있겠구나 하는 희망이 돋아났다.

얼마 후 정말 기적처럼 수용소의 문이 활짝 열리고 자유의 몸이 되었을 때, 그의 정신 상태가 너무나도 말짱했기에 동료들도 모두 놀라는 눈치였다. 죽음의 소굴에서 무사히 살아남은 것도 기적이지만, 더욱 놀라운 것은 그의 정신 상태가 그렇게나 안온하고 평화로울 수가 없다는 점이었다.

***

일단 정신 상태가 붕괴된 뒤에는 누구도 구해줄 수가 없다. 한 사람의 훌륭한 정신 상태는 큰 불행을 예방할 수도 있다. 그래서 인간은 또 다른 의미에서 물질이 아닌 자기만의 정신세계 속에 산다고도 할 수 있는 것이다.

읽지도 못하면서

아랍인 두 명이 길을 가다가 땅바닥에 떨어져 있는 책 한 권을 주워서는, 서로 갖겠다며 욕심을 부렸다. 때마침 또 다른 행인이 지나다가 두 사람에게 물었다.
"당신들 둘 중 누가 이 책을 읽을 수 있소?"
"이 책은 영어로 쓰인 책이오. 우리 둘 다 읽지 못합니다."
"그런데도 왜 이 책을 서로 갖겠다는 거요? 대체 무엇에 쓰려고?"
두 사람 모두 그 질문에 대답도 못하면서 여전히 씩씩거리기만 하자 행인은 이렇게 덧붙여주었다.
"이런 이야기가 떠오르는군. 두 사람이 머리빗 하나를 두고 다투는데, 알고 보니 둘 다 대머리였다는 이야기요."

***

날마다 격렬하게 일상의 투쟁에 매달리고 있는 우리는 과연 무엇을 추구하고 있는가? 혹시 저 대머리들처럼 머리카락 한 올도 없으면서 서로 머리빗을 차지하겠다고 치고받고 있는 건 아닌지!

늑대 울음소리

한 젊은이가 처음 참가한 마라톤 경기에서 우승을 차지했을 뿐만 아니라 대회 신기록까지 달성했다. 영양처럼 거뜬히 결승점을 통과한 젊은이에게 기자들이 몰려들어 질문을 퍼부었다.

"어떻게 이런 기록을 달성할 수 있었는지 한 말씀 해주시죠."

우승자가 가쁜 숨을 몰아쉬며 말했다.

"왜냐면요, 내 뒤에서 늑대 한 마리가 쫓아오고 있었거든요."

"늑대요?"

의아해하는 기자들의 시선을 받으며 그가 말했다.

"저는 3년 전부터 장거리달리기를 시작했습니다. 훈련 캠프는 높은 산에 둘러싸여 있었는데, 새벽 3시가 되면 코치님이 저를 깨워 산길을 뛰었죠. 그런데 아무리 뛰어도 기록이 단축되지 않는 겁니다. 하루는 뛰고 있는데 갑자기 늑대 울음소리가 들려오는 거예요. 처음엔 꽤 멀리서 들리는가 싶더니 그 소리가 점점 가까워지고 마치 바로 등 뒤에서 들려오는 것처럼 크게 들려왔어요. 늑대한테 쫓긴다고 생각하니 뒤돌아볼 경황이 있어야 말이죠. 죽기 살기로 냅다 뛰기만 했죠. 그날은 기록이 훨씬 좋았어요. 코치님이 어떻게 된 일이냐고 묻기에 저는 늑대 소리를 들었다고 말했죠. 코치님이 의미심장하게 말하더군요. '음, 그러고 보니 네 실력이 약한 게 아니라 늑대 소리가 작아서 그런 거였군.' 나중에야 알게 되었지만, 그날 새벽에 제가 들은 늑대 울음소리는 코치님이 조작해낸 거였어요. 그때부터 매번 훈련할 때마다 등 뒤에서 늑대가 쫓아온다고 상상하면서 뛰었죠. 오늘 경기에서도 늑대를 생각하면서 뛰었어요."

***

기적은 가끔 일어난다. 그 기적이 일어나게 하기 위해서는 피눈물 나는 노력이 전제되어야 한다.

외팔이 소년

아홉 살 때 불의의 사고로 왼팔을 잃은 소년은 어떻게든 유도를 배우고 싶었다. 그래서 유도장을 찾아갔는데 아무리 열심히 해도 코치는 늘 한 가지 기술만 가르쳐주는 것이었다.
영문을 알 리 없는 소년이 코치에게 물어보았다.
"똑같은 훈련을 벌써 석 달째 되풀이했습니다. 이젠 다른 기술을 익힐 때가 되지 않았어요?"
"맞아, 넌 한 가지 기술밖에 배우지 못했지. 하지만 넌 그 기술만으로도 충분하단다."
소년은 그 말뜻을 이해할 수 없었지만 코치를 굳게 신뢰했기에 그 기술만 집중적으로 수련했다.
몇 달 후, 코치는 처음으로 소년을 시합에 내보냈다. 소년은 생애 첫 시합에 적잖이 긴장했지만, 첫 번째 상대와 두 번째 상대를 손쉽게 이겼다. 세 번째 상대는 훨씬 더 강했지만 그 역시 성급하게 공격을 감행하다가 소년의 유일한 한 수에 걸려 무너지고 말았다.

그렇게 해서 소년은 결승까지 진출했다.
결승전 상대는 신장도 좋고 경험도 많아 보였다. 위기에 몰린 소년은 한동안 버텨내기가 힘들었다. 부상을 염려한 주심이 잠시 경기를 중단시키고 나서 소년의 상태를 살폈다. 바로 그때 코치가 소년에게 소리를 질렀다.
"절대 기권하지 말고 끝까지 간다!"
시합이 재개되었고, 소년은 상대가 경계를 늦춘 틈을 노려 기술을 걸었다. 그래서 자신의 유일한 그 한 수로 상대방을 제압하고 우승을 차지했다.
경기장을 나서면서 소년이 코치에게 물어보았다.
"코치님, 제가 어떻게 유일한 한 수만으로 우승을 차지할 수 있었던 거죠?"
코치가 대답했다.
"두 가지 때문이지. 첫째, 넌 유도에서 가장 어려운 그 한 수를 완전히 네 것으로 만들었다. 둘째, 내가 알기로 너의 그 수를 방어할 수 있는 유일한 방법은 상대방이 너의 잃어버린 왼팔을 잡아야만 가능하기 때문이지."
가장 큰 핸디캡을 가장 큰 어드밴티지로 바꾼 것이 바로 우승의 비결이었다.

***

핸디캡이 문제가 아니라 그것에 대한 반응이 문제이다.

뗏목을 지고 가는 사람

한 사내가 억새가 우거진 강둑을 헤집으며 힘겹게 걸어가고 있었다. 강 건너편에는 훨씬 더 평탄한 길이 펼쳐져 있었지만, 강에는 다리가 없었으므로 쉽게 건너갈 수가 없었다.

한 동안 고민하던 사내는 문득 묘안을 떠올렸다. 그래서 강둑의 억새를 한 아름 꺾어 뗏목을 만든 다음 그것을 타고 무사히 강을 건너갔다. 그런데 강 건너편에 닿은 사내는 애써 만든 그 뗏목을 버리기가 아까웠다. 어찌할까 궁리한 끝에 그는 뗏목을 등에 지고 걷기 시작했다.

사내가 강을 건너간 것은 좀 더 편하게 가기 위해서였다. 그러나 이제 사내는 뗏목의 무게에 눌려 건너편에서 억새를 헤집고 걸어갈 때보다 더 느리고 고통스런 행보를 이어가야 했다.

***

강을 건넜으면 뗏목은 버려야 한다. 마찬가지로 인생의 어느 지점에 이르렀을 때, 그곳까지 자신을 끌고 온 낡은 것들은 과감하게 포기할 줄 알아야 한다.

두려워 말라, 그리고…

한 청년이 큰 도시로 나가 자신의 인생을 개척해보기로 했다. 경험이 부족한 나이에 혈혈단신 세상에 맞서자니 두려움이 생기기도 했다. 그래서 떠나기 전에 마을 촌장을 찾아뵙고 조언을 구하기로 했다.

청년이 찾아갔을 때 늙은 촌장은 서예에 몰두해 있었다. 그는 청년이 대처로 나간다는 말에 즉시 일필휘지로 '두려워 말라' 라는 글을 써주며 말했다.

"명심해야 할 인생의 비결은 꼭 두 가지란다. 오늘은 먼저 이 '두려워 말라' 를 일러줄 것인즉, 이 말을 명심하면 너의 반생에 충분히 도움이 될 것이다."

그 후 도시로 떠난 청년은 가슴속에 항상 '두려워 말라' 는 촌장의 조언을 새기고, 자신의 열정을 바쳐 각고의 노력을 기울였다. 그래서 20년 후에는 어느 정도 성공을 거둬 어엿한 사업체까지 갖게 되었다.

한편으로 그는 많은 근심거리를 떠안고 있었다. 옛 생각이 난 그는 짧게나마 고향에 돌아가 마을 촌장을 찾아뵈려고 했다. 그런데 촌장의 집 마당에 이르러서야 그가 얼마 전에 타계했다는 사실을 알게 되었다.

촌장의 아들이 그에게 봉투 하나를 내밀면서 말했다.

"생전에 아버지께서 언제든 당신이 찾아오면 전해주라고 한 편지입니다."

이미 중년이 된 그는 그제야 20년 전 촌장에게서 인생의 비결을 하나만 듣고 떠난 일을 떠올리고 서둘러 봉투를 열어보았다. 그랬더니 예의 커다란 붓글씨로 이렇게 쓰여 있었다.

'후회하지 말라.'

***

일생을 살면서 중년이 되기 전에는 두려워하지 말고 중년 이후에는 후회 없이 살아야 한다는 것, 이것이야말로 가장 응축된 인생의 지혜가 아닐까?

우물에 빠진 나귀

농부의 나귀가 바싹 말라버린 우물에 빠졌다. 농부는 나귀를 끌어내려고 온갖 방법을 다 써보았지만 뾰족한 수가 없었다. 우물에 갇힌 나귀는 두려움에 떨며 울기만 했다.

오랫동안 정이 들었지만 농부는 결국 나귀를 포기해야 했다. 녀석에게는 미안하지만, 이미 늙어 쇠잔했으므로 그다지 아깝지는 없었다. 그러나 이런 일이 또다시 생기지 않게 하려면 우물부터 메워버려야 했다. 한시라도 빨리 우물을 메우고 나귀의 고통을 덜어주기 위해 마을 사람을 몇 명 불러 도움을 청했다. 다들 삽을 들고 나와 우물을 메우기 시작했고, 자신의 처지를 눈치챈 나귀는 처량하게 목 놓아 울었다.

그런데 이상하게도 한참이 지나자 나귀의 울음소리가 잠잠해졌다. 농부가 의아해하며 우물 안을 들여다보고는 깜짝 놀랐다. 사람들이 삽질로 던져 넣은 흙이 안으로 떨어질 때마다 나귀의 반응이 묘했다. 녀석은 잔등에 떨어지는 흙을 모두 흔들어 털어버리고 있었다. 그리고 바닥에 떨어진 흙을 밟으면서 조금씩 위로 올라오고 있었다.
나귀는 그렇게 잔등에 떨어지는 흙을 흔들어 털어버리고 밟아 오르기를 거듭하면서 결국에는 득의양양하게 우물에서 빠져나왔다. 그러고는 어안이 벙벙한 사람들을 조롱하듯 잽싸게 달아나버렸다.

***

살다 보면 우리도 '마른 우물'에 빠질 수 있고 '흙'에 파묻힐 수 있다. 그 '마른 우물'에서 벗어나는 비결은 자기 힘으로 그 '흙'을 털어버리고 그것을 딛고 올라서야 하는 것이다.
시련과 좌절은 아무런 예고도 없이 찾아오게 마련이고, 하필이면 '비 오는 날 지붕 새듯' 설상가상의 고통도 당할 수 있다. 이럴 때 관건은 어떤 마음가짐으로 그 역경을 마주하느냐이다. 소극적인가 적극적인가에 따라 그 결과도 달라진다. 적극적인 사람은 환경을 이용할 줄 알지만 소극적인 사람은 그 환경에 매몰되고 만다.
적극적으로 응전하라. 그러면 불리한 요소들이 오히려 성공으로 향하는 디딤돌이 되어준다.

이미 죽어버린 마당에

다윗 왕의 한 아들이 신의 저주를 받고 앓아누웠다. 이에 왕은 신께 용서를 빌며 아들의 병을 낫게 하기 위해 단식을 시작했다. 그는 밤낮으로 식음을 전폐한 채 차디찬 마룻바닥에 누워 있었다. 끼니때마다 수하들이 찾아와 식사할 것을 권했지만 그는 조금도 흔들리지 않았다.

그렇게 1주일째 되는 날 아이가 그만 죽고 말았다. 수하들 중 누구도 그 비보를 왕에게 알릴 엄두를 못 내고 있었다. 아이가 살아 있을 때도 요지부동이었거늘 죽었다고 하면 오죽하겠는가!

그런데 수하들이 조심스레 수군대는 모습을 본 다윗 왕은 자기 아들의 명이 다했음을 눈치챘다.

"아이가 죽은 것인가?"

수하들이 몸을 납작 낮추며 대답했다.

"황송하옵게도 그렇습니다, 폐하!"

그러자 다윗 왕은 마룻바닥에서 몸을 일으키더니 정갈하게 목욕

재계하고 신단으로 나아가 예를 올렸다. 그러고는 궁궐로 돌아와 수라상을 가져오라 한 뒤 맛있게 식사를 했다.

신하들이 조심스레 물어보았다.

"폐하! 어찌 된 영문입니까? 왕자님이 살아 계실 땐 물 한 방울 안 드시고 눈물만 흘리시더니 이제 왕자님이 돌아가시고 나니까…… 신들은 영문을 모르겠습니다."

다윗 왕이 대답했다.

"아이가 그나마 살아 있을 때 물 한 방울 입에 안 대고 눈물을 흘린 것은 행여 신의 동정을 사 아이를 살릴 수 있을까 싶어서였지만, 이미 아이가 죽어버린 마당에 무슨 재주로 목숨을 돌이키겠느냐. 단식을 하고 흐느껴 운들 아이가 살아나겠느냐 말이야."

***

후회되는 모든 일은 이미 지나버린 과거, 돌이켜본들 소용이 없다. 그러니 계속해서 실수를 되새김질하며 자신을 학대해서는 안 된다. 그럴 때는 차라리 하늘의 뜻으로 여기는 편이 나을 것이다. 최선을 다했는데도 어찌할 수 없는 일이었다면 더 이상 후회하거나 괴로워해서는 안 된다.

마지막 테스트

실습간호사 애린이 처음으로 책임 있는 역할을 맡았다. 그녀는 이제 마지막 수술에 동참하여 외과의의 최종 인증 과정을 거치고 나면 정식 간호사가 되는 것이었다.

그날따라 복잡하고 어려운 수술이라 여덟 시간 넘게 진행되었다. 다행히 수술이 잘되었고, 환자의 수술 자리를 봉합하려 할 때였다. 애린이 갑자기 정색하며 수술의를 바라보았다.

"거즈를 모두 18매 사용했는데, 선생님은 지금 17매밖에 안 꺼냈어요."

그러나 수술의는 그녀의 말을 무시해버렸다.

"그럴 리 없어. 다 꺼냈다고. 그러니 잠자코 있어!"

"아녜요! 전 정확히 기억해요. 우린 분명히 18매의 거즈를 썼다고요!"

애린이 자신의 주장을 굽히지 않자 의사는 귀찮다는 듯 언성을 높였다.

"의사는 나야! 꿰매느냐 마느냐는 내가 결정한다고!"

실습간호사 애린도 전혀 물러서지 않았다.

"당신이 의사이기 때문에 더더욱 그렇게 무책임해서는 안 돼요. 그리고 저한테도 엄연히 환자에 대한 책임이 있단 말이에요!"

그녀가 얼굴이 벌게지도록 화를 내자 오만한 표정을 짓던 의사의 얼굴에 비로소 흐뭇한 미소가 피어올랐다. 그가 자신의 왼손에 감춰 쥐고 있던 거즈 한 장을 내보이며 말했다.

"네가 옳아! 애린, 자넨 아주 훌륭한 간호사야."

***

머리가 좋다고 다 되는 건 아니다. 기본 품성이 중요하다.

정직한 사람은 양심에 어긋나는 행위를 할 수 없으며 표리부동한 행동을 저지르지 않는다. 즉 자신의 원칙을 고수하는 것이다. 내적 모순이 없기에 명석한 두뇌를 갖게 되는 것이고, 그만큼 성공 가능성도 높다.

정직은 드높은 명예의 다른 말이다. 그것은 우월한 도덕성을 의미하며, 배우지 않고도 깨우치는 지혜를 의미한다. 그것은 또 신념을 굽히지 않는 용기이며, 자신이 옳다고 믿는 것을 수행할 수 있는 능력을 말한다.

부상을 입은 두 장군

전쟁터에 나갔던 두 명의 장군이 불행히도 큰 부상을 입었다. 한 사람은 팔 하나를, 다른 한 명은 다리 하나를 잃고 말았다.

"정말 수치스러워 견딜 수가 없구나!"

팔을 잃은 장군은 자신의 처지를 비관한 나머지 권총으로 스스로 목숨을 끊고 말았다.

다리를 잃은 장군은 피가 낭자한 자신의 다리를 굽어보다가 불쑥 권총을 빼들고 당직 병사에게 소리쳤다.

"그 빌어먹을 놈들은 어떻게 됐어?"

그가 권총을 빼들자 당직 병사는 울음부터 터뜨렸다. 장군이 자살하려는 줄로 알았던 것이다. 그러나 장군은 천연덕스럽게 웃고 나서 이렇게 말했다.

"울긴 왜 울어. 자네 이제부턴 내 구두를 닦는 일이 훨씬 쉬워졌잖아!"

당직 병사는 콧물까지 훌쩍거리며 키득키득 웃었다.

장군의 낙관적인 웃음은 그 전투에서 최후의 승리를 안겨주었고, 비관은 한쪽 팔을 잃은 장군을 죽음으로 몰아갔던 것이다.

***

삶이 눈물짓게 만들 때 오히려 조용히 미소 지어보라. 그 미소가 햇살을 드리우게 할 밑천이 되어줄 것이다.

나무꾼에게 도끼

산촌 마을에 사는 나무꾼은 열심히 나무를 해다 판 덕분에 마침내 자기 집 한 채를 장만할 수 있었다. 그런데 어느 날 시장에 나가 나무를 팔고 돌아와보니 새집에 불이 났다. 이웃 사람들이 몰려와 꺼보려고 했지만 좀처럼 불길이 잡히지 않았다. 눈을 빤히 뜬 채로 집이 불타는 것을 바라볼 수밖에 없었다.

얼마 후 불길이 잦아들자 나무꾼은 작대기를 들고 불탄 집 안으로 걸어 들어가 무언가를 찾기 시작했다. 사람들은 그가 소중한 보물이라도 찾나 하고 안타까운 시선으로 지켜보았다.

그렇게 시간이 조금 지나자 농부가 기쁨에 들떠 소리쳤다.

"여기 있네, 찾았어!"

다들 무슨 값진 물건일까 하고 궁금해하는데, 나무꾼이 손에 들고 있는 건 자루가 불타 없어진 도끼머리였다.

뚝딱뚝딱하며 도끼 자루를 새로 박아 넣은 농부가 자신만만한 얼굴로 말했다.

"이 도끼만 있으면 무서울 것도 없지! 더 튼튼하고 멋진 집을 지을 수 있을 거야!"

***

뜻밖의 재난을 당하게 되면 그 잿더미를 움켜쥐고 통곡하며 하늘을 원망할 것이다. 그러나 성공한 사람치고 넘어져보지 않은 사람은 없다는 사실을 명심해야 한다. 그들은 넘어졌던 자리에서 다시 일어나 포기하지 않고 꾸준히 성공을 향해 걸어왔다.
어제의 슬픔으로 오늘의 발목을 부여잡지 말라. 오늘의 실의로 내일의 꿈을 암담하게 만들지 말라.

현재를 즐겨라

스미스는 남들보다 연봉이 높은 직원이었지만 돈을 자기 살점처럼 아꼈다. 한 동료가 그 수전노 같은 스미스에게 물었다.

"자넨 좀처럼 돈을 쓰는 법이 없으니 대체 그 많은 돈을 모아서 뭐에 쓸 건가?"

스미스가 웃으며 대답했다.

"돈 모아서 장가가야죠."

얼마 후 스미스가 사귀던 여자와 결혼했다. 그런데 넉넉한 살림에 부족한 것도 없었지만 스미스는 여전히 돈을 쓰려 하지 않았다.

"결혼을 했는데도 여전히 돈을 모으나?"

친구들의 물음에 스미스가 말했다.

"결혼을 하고 나니까 앞으로가 더 걱정입니다. 언제 실직을 당할지도 모르고, 또 노후도 준비해야죠."

한번은 모처럼 휴가를 떠나게 되었다. 회사에서 비용을 대주어 바닷가 휴양지로 놀러 가게 된 것이다. 그러나 스미스는 휴양지로 향하는 동안에도 차창 밖 풍경에 관심이 없었고, 휴가의 즐거움도 느끼지 못했다. 그는 돌아가서 해야 할 산더미 같은 일거리들을 걱정하고 있었다. 그래서인지 휴가를 마치고 돌아온 스미스의 얼굴은 눈에 띄게 야위어 보였고, 사람들은 그를 낭만도 즐길 줄 모르는 사람이라고 수군거렸다.

시간이 흐를수록 스미스의 정신적 부담은 더욱 가중되어 하루도 마음 편할 날이 없었다. 결국 그는 신경과 의사를 찾아가게 되었다.

그를 진찰하고 난 의사가 작심하듯 말했다.

"당신은 좀처럼 현재를 산 적이 없습니다. 항상 과거 아니면 미래에서 살고 있는 거죠."

스미스가 항변했다.

"무슨 소리예요? 난 엄연히 현재에 살고 있는데, 단지 좀 즐겁지 못할 뿐이지."

의사가 말했다.

"그게 아닙니다. 당신은 어떤 희망이나 우려, 후회로 현재를 회피하려 할 뿐 현재의 일분일초를 충분히 이용하지 못하고 있어요. 그러니 즐거울 수가 없지요."

***

지극히 당연한 말이지만, 지금 이 순간이 아니면 그 어떤 시간도 살 수가 없다.

내일 봅시다

"그날 그 불행한 파라 호를 만났지."

렉스턴 호의 제프 선장이 회상에 잠겼다.

"날은 점점 어두워지고 풍랑이 거세져 집채만 한 파도가 일었다네. 난 그 낡은 기선에 신호를 보내면서 도움이 필요하지 않느냐고 물었지."

제프가 파라 호 선장에게 소리쳤다.

"상황이 점점 악화되고 있소! 승객들을 우리 배로 옮겨 타게 하는 게 어떻겠소?"

파라 호 선장이 큰 소리로 대꾸했다.

"아직은 괜찮으니까, 내일 아침에 다시 와주실 수 있겠습니까?"

렉스턴 호의 제프는 재차 목청을 돋웠다.

"알겠습니다. 그렇게 해볼게요. 그런데 승객들은 지금 바로 우리 배로 옮겨 태우는 게 낫지 않을까요?"

그러나 파라 호의 선장은 여전히 내일 다시 와달라는 말뿐이었다.

"내일 봅시다! 내일 아침에 다시 와주십시오!"
이미 날이 어두워졌고 파도가 거셌기 때문에 기선에 접근하려던 제프도 포기하고 말았다.
그 후로 제프 선장은 다시는 파라 호를 볼 수가 없었다. 그가 선장과 대화를 마치고 채 30분도 지나지 않아 그 배가 통째로 가라앉고 말았던 것이다.

***

파라 호의 선장은 눈앞에 다가온 기회가 멀찌감치 사라지고 나서야 그 소중함을 깨달았을 것이다. 하지만 그게 무슨 소용이랴! 그의 맹목적인 낙관과 우유부단함은 자신은 물론 수많은 승객을 희생양으로 만들어버렸다.
우리 주변에서도 이렇게 우유부단한 사람을 쉽게 찾아볼 수 있다. 그들은 맹렬하게 낙관하다가도 결정적인 순간에는 나약하고 무기력해지고 만다.

고양이 인형

수학자와 상인이 함께 이집트로 여행을 떠났다.

상인은 숙소를 정하고 난 뒤 혼자 주변 거리를 어슬렁거리다가, 겉이 새까만 고양이 인형을 팔고 있는 노파를 만났다.

상인이 호기심을 갖고 다가가 물어보았다.

"고양이 인형, 얼마에 파십니까?"

한눈에 돈 많은 외국인임을 간파한 노파가 말했다.

"이 인형은 조상 대대로 내려오는 골동품인데, 우리 집 영감이 갑자기 앓아눕는 바람에 갖고 나왔소. 관심이 있으시면 적당히 생각해서 쳐주시오."

상인은 그 즉시 직업적인 눈썰미로 그 고양이 인형을 자세히 살펴보았다. 칠이 새까맣고 묵직한 걸로 봐서 아마도 철이나 납으로 만든 것 같았고, 값나가는 거라곤 눈알로 박아 넣은 커다란 진주 두 알밖에 없었다.

"200달러 드릴 테니 눈알 두 개만 빼주시오."

노파가 매우 안타까운 표정을 지으며 말했다.

"그래도 상관은 없소만, 좋은 일 하는 셈치고 100달러만 더 내고 인형 몸뚱이까지 가져가시구려."

"난 눈알만 사겠소."

상인은 그렇게 200달러를 주고 인형의 눈알만 샀다.

숙소로 돌아온 상인이 자신의 횡재를 확신하며 수학자에게 자랑했다.

"이것 좀 보시오. 단돈 200달러를 주고 산 진주요. 뉴욕에 가져다 팔면 못해도 최하 1천 달러는 받을 수 있을 거요!"

수학자가 진주를 받아 살펴보니 제대로 된 물건임에 틀림없었다. 그런데 그는 상인에게 그 보물을 얻게 된 경위와 그 노파가 있던 위치를 물어본 뒤 곧바로 숙소 문을 나섰다. 그리고 얼마 후 돌아온 그의 손에는 눈알 없는 고양이 인형이 쥐어져 있었다. 그가 기쁨에 입을 다물지 못하고 소리쳤다.

"이건 당신이 버리고 온 고양이 몸뚱이인데, 단돈 90달러를 주고 사왔소!"

상인이 한심하다는 투로 말했다.

"그런 고철덩이를 90달러나 주고 사다니, 왜 그런 멍청한 짓을 한 거요?"

수학자가 반박했다.

"당신은 대체 무얼 보고 이걸 고철덩이라고 단정하는 거요? 인형

눈알이 진귀하다면 그 몸뚱이 역시 진귀한 물건으로 만들지 않았겠소!"

수학자가 작은 칼로 고양이 몸뚱이의 까만 칠을 살살 긁어내자 과연 본연의 노란 빛깔을 드러냈다. 그 고양이 인형은 순금으로 만든 것이었다!

"어떻게 이럴 수가……!"

수학자가 후회막급한 표정을 짓고 있는 상인에게 말했다.

"눈앞의 작은 이익에만 급급하다 보면 자칫 실수할 수가 있소. 사물을 입체적으로 볼 수 없을 뿐더러 큰 것을 놓치게 되는 법이지!"

***

인적이 드문 곳에 가보라. 어쩌면 그곳에 희귀한 보물이 자기를 맨 처음으로 알아봐줄 누군가를 기다리고 있을지도 모른다.

사랑,
그 달콤쌉싸름한 즐거움

죽도록 사랑하라

두 사람은 들꽃이 흐드러진 들판에서 처음 만났다.

남자가 다정한 눈길로 여자를 바라보며 말했다.

“내가 이 세상에 태어난 것은 오늘 그대를 만나기 위해서였군요!”

“제 맘도 그래요. 우린 이렇게 만났어요!”

두 청춘은 서로를 뜨겁게 포옹했다.

그런데 며칠 후 여자는 혼자 그 들판을 헤매며 무언가를 찾고 있었는데, 그녀의 눈에는 불안과 당혹감이 역력했다.

때마침 현자가 나타나 그녀에게 말을 걸었다.

“여기서 혼자 무얼 하고 있는가?”

여자가 불안해하며 대답했다.

“제 자신을 찾고 있어요.”

“자신을 찾는다?”

“예, 며칠 전 이곳에서 그 사람을 만난 뒤 제 자신을 잃어버렸어요. 제 웃음과 눈물은 모두 그를 위한 것이에요. 그 사람의 달콤한 말 한마디는 하늘을 날게 하고, 그의 탄식은 저를 캄캄한 나락에 떨어뜨려요. 눈을 뜨면 그가 보이고, 눈을 감아도 들리는 건 그의 목소리뿐이에요. 그를 위해서라면 목숨까지도 바칠 수 있어요. 그런데 이상하게도 제 자신을 찾을 수가 없어요. 대체 전 어디로 가버린 걸까요?"

"사랑이 있을 때 '나'란 존재하지 않는 법이라오. 그대들이 서로 사랑하는 만큼 자신은 사라져버리고 '우리'라는 또 다른 존재로 융합되는 것이지."

그때 남자도 그 들판에 나타났는데, 그 역시 사라진 자신을 찾으러 온 것이었다.

현자의 설명을 듣고 난 두 사람이 함께 물었다.

"그렇다면 우리가 잃어버린 '나'를 되찾을 방법은 없는 건가요?"

"하나로 융합된 우린 정말 행복할 수 있습니까?"

현자가 알 듯 말 듯한 미소를 지으며 말했다.

"휴! 내일의 일을 어찌 장담하겠는가? 그저 햇빛 찬란한 오늘을 노래하면 그만인 것을!"

***

사랑이 머물 때 '나'란 존재하지 않는 법. 나란 존재를 온전히 망각해도 좋을 사랑을 나누고 죽도록 사랑하라…….

있는 그대로 받아들이기

한 남자가 여자에게 사랑을 고백했다.

"당신의 모든 것을 있는 그대로 받아들이겠습니다. 더 이상의 바람은 없습니다."

여자가 말했다.

"그럴 테죠, 겸손한 걸인님. 당신은 지금 한 사람의 전부를 구걸하고 있는 것이니까요."

"당신이 제게 시든 꽃 한 송이만 주신다 해도 전 그것을 마음속 깊이 간직하겠습니다."

"그 꽃에 가시가 있다면요?"

"참고 견디겠습니다."

"그럴 테죠, 겸손한 걸인님. 당신은 지금 한 사람이 소유한 전부를 구걸하고 있는 거잖아요!"

"당신이 제게 단 한 번 사랑의 눈길을 보내주시면 전 죽는 날까지 달콤한 추억으로 간직하겠습니다."

"그 눈길이 싸늘하다면요?"

"제 심장을 꿰뚫은 화살쯤으로 여기겠습니다."

"그럴 테죠, 겸손한 걸인님. 당신은 지금 한 사람의 전부를 구걸하고 있는 것이니까요."

***

사랑한다면 그의 모든 것을 받아들여라. 그것이 가시가 있든, 시든 꽃이든, 차가운 눈빛이든 있는 그대로 받아들여라. 사랑은 그런 것이다!

익숙함과 생경함

우연히 만나게 된 남녀가 서로 반했고, 몇 번의 데이트 끝에 서로가 매우 친숙하고 잘 맞는다는 사실을 알게 되었다. 그들은 마치 전생의 인연을 다시 만난 것처럼 서로에게 익숙했다. 얼마 후에는 결혼하여 아이까지 낳았다. 그러나 그렇게 서로를 사랑했는데도 현실은 두 사람을 미움으로 몰아붙였다.

그날도 한바탕 말다툼을 벌이다가 남자가 말했다.

"당신이 이렇게 바가지가 심하고 멍청한 여자인 줄은 정말 몰랐어. 왜 그렇게 질투가 심하고 옹졸하게 구는 거야?"

여자도 물러서지 않았다.

"흥! 나야말로 알 수가 없네요. 그렇게나 순해빠진 알았는데 폭군으로 돌변하다니! 술주정뱅이에 외박을 밥 먹듯 하고, 뭐라 한마디라도 하면 대든다고 언성을 높이고! 나도 이젠 두 손 두 발 다 들었다고!"

그들은 서로를 잘 알고 있다고 생각했지만, 한편으론 너무나도 낯설어지고 말았다.

나중에 현자를 만나 이런 현상에 대해 질문하자 현자는 이렇게 말했다.

"세상 이치가 그렇듯이, 누군가에 대해 알면 알수록 한편으론 모르는 것도 점점 많아진다는 것을 알 수 있지. 알수록 점점 더 생경해 보이는 법이니까."

***

지금 내 곁에 있지만, 왠지 낯설어 보이고 알면 알수록 생경해 보이는 그대……

사랑의 정체

어느 도시에 탁월한 연설가가 나타났다. 그는 특유의 달변과 지혜, 감각적인 유머를 곁들여 사랑의 논리와 그 오묘함에 대해 설파했다. 연설을 마친 뒤에는 청중들의 수많은 질문에 일일이 답변해주었다. 불과 며칠 사이에 그는 도시에서 가장 유명한 인사가 되었다. 지역신문에 그의 연설 장면이 실렸고, 명성이 점점 커지면서 더 많은 청중이 몰려들었다.

그런데 어느 날, 평소와 마찬가지로 청중들 앞에 선 그는 다른 날과 완전히 달라 보였다. 애달픈 목소리와 의문 가득한 시선으로 사람들에게 이렇게 호소하는 것이었다.

"제발 누구라도 제게 사랑을 좀 가르쳐주십시오. 세상에서 가장 매혹적이고 사람의 마음을 이렇게 아프게 만드는 사랑이란 게 대체 뭘까요?"

"……?"

"그녀는 분명 나를 향해 손짓하며 미소 짓는데, 가까이 다가가면

토라지며 돌아서버립니다. 불과 어제까지만 해도 앵두처럼 빨간 입술을 내주던 그녀가 오늘은 날카로운 손톱으로 내 뺨에 깊은 상처를 주었습니다. 어제는 행복하게 그녀를 끌어안았지만 오늘 아침에 눈을 떠보니 그렇게 밉고 추할 수가 없었습니다. 전 이미 사랑의 시달림에 기진맥진해졌고 상처투성이가 되어버렸습니다. 그런데, 그런데도 전 왜 아직도 그녀를 갈망하고 있는 걸까요……?"

연설을 듣고 있던 청중들은 연설가에게 도대체 무슨 일이 생긴 것인가 하고 의견이 분분했다.

그때 그곳을 지나던 현자가 웃으면서 이렇게 중얼거렸다.

"저 친구의 마음속에 이제 비로소 사랑이 찾아왔구먼……."

***

세상에서 가장 설명하기 힘들고 변화무쌍한 것이 바로 사랑일 것이다.

양을 묶어두는 것

한 젊은이가 앞서 걷고 목줄에 매인 양이 그 뒤를 졸졸 따르고 있었다. 그 모습을 본 누군가가 농담조로 말했다.

"양이 자네 뒤를 졸졸 따르는 건 목줄 때문이지 자네가 좋아서 그러는 게 아니라고."

그 말에 젊은이가 양의 목줄을 풀어주고는 뒤돌아보지도 않고 갈지자로 앞장서 걸었다. 그러자 양은 목줄이 풀렸는데도 여전히 젊은이의 뒤를 졸졸 따랐다. 젊은이가 왼쪽으로 가면 왼쪽으로, 오른쪽으로 가면 오른쪽으로 졸졸 뒤따르면서 조금도 떨어지려 하지 않았다.

농담을 한 행인이 이상하다는 듯 물었다.

"거참, 신기하네. 어떻게 훈련시켰기에 그렇게 잘 따르는 건가?"

젊은이가 발걸음을 멈추고 말했다.

"훈련을 시킨 게 아니라 제가 매일 좋은 먹이를 주고 돌봐주니까 그런 거죠. 제가 충고 한마디 할까요. 양을 묶어둔 건 목줄이 아니라 정성 어린 보살핌이라고요."

***

아무리 큰 부자라도 돈으로 아내의 발목을 부여잡을 수 없고, 힘센 남자는 주먹과 몽둥이로 아내를 굴복시킬 수 없다. 그렇다면 무엇으로 사랑하는 이의 마음을 붙잡아둘까? 결혼증서? 자식? 결혼증서가 이혼장으로 돌변하는 건 순식간이고, 자식도 더 이상 이혼을 가로막는 장애물이 되지 못한다. 그렇다면 대체 무엇으로 점점 멀어지는 그 마음을 붙잡을 수 있겠는가?

준수한 젊은이

암고양이가 잘생긴 청년을 사랑하게 되었다. 날마다 고양이는 여신을 찾아가 자기를 인간으로 만들어달라고 간청했고, 그 지극한 정성에 마음이 동한 여신은 고양이를 어여쁜 소녀로 변신시켜주었다. 그 후 청년은 그 소녀를 보자마자 사랑에 빠졌고, 두 사람은 결혼에 성공했다.

어느 날 여신은 사람으로 변한 고양이가 그 본성을 고쳤는지 알고 싶어서 부부의 침실에 생쥐 한 마리를 들여보냈다. 그러자 그녀는 자신이 사람으로 변해 있다는 사실을 까맣게 잊고 냉큼 그 생쥐를 잡아 삼켜버렸다. 실망한 여신은 그녀의 모습을 고양이로 되돌려 버렸다.

***

사람의 본성은 쉽게 바뀌지 않는다. 한 사람의 본성을 알려면 그 겉모습만으로 판단할 것이 아니라 평소 말과 행동의 부분 부분들을 잘 관찰해야 한다.

거리의 두 걸인

거리에서 만난 남자와 여자, 두 걸인이 서로 한눈에 반했다.

"오! 그대의 얼굴과 행색, 들고 있는 쪽박까지 신기하게도 나랑 닮았구려!"

"그러게요! 처음 만났지만 우린 마치 오래전부터 알고 지낸 사이 같아요."

두 사람은 그렇게 서로에게 홀딱 반해서 각자의 손에 빈 쪽박을 든 채로 마주 보고 있었다.

남자 거지가 물었다.

"그래, 그대는 지금 무얼 구걸하고 있소?"

여자 거지가 다정하게 속삭였다.

"물론 당신의 사랑을 구걸하고 있지요. 당신이 날 사랑하고 있다는 걸 알고 있으니까요. 나 말고 누가 이렇게 당신을 빼닮을 수 있겠어요? 그러니 어서 내 쪽박에 당신의 사랑을 듬뿍 담아주세요."

그러나 남자 거지는 고개를 가로저었다.

"그대 눈에는 이 빈 쪽박이 안 보이시오? 나 역시 그대가 내 쪽박을 사랑으로 가득 채워주길 갈망하고 있소."

그러자 여자 거지의 표정이 조금 냉랭해졌다.

"날 사랑한다면서 왜 아무것도 주지 않죠?"

"당신이야말로 날 사랑한다면 나한테 줘야 하지 않소?"

"내 빈 쪽박이 안 보여요?"

"그럼 내 쪽박은 가득 차기라도 했단 말이오?"

두 걸인은 그렇게 서로에게 빈 쪽박을 내밀면서 상대방의 사랑을 구걸했다. 그러나 그들은 서로에게서 아무것도 얻을 수 없었고, 결국 기진맥진하여 각자의 길로 돌아서고 말았다.

***

한눈에 반하여 불나방처럼 뛰어들지 마라.

갈구하는 사랑 앞에서는 아무것도 줄 수 없는 자신의 쪽박부터 들여다보라.

사랑의 행로

새벽에 배낭을 멘 사람이 걸어가고 있었고, 그 뒤로 또 한 사람이 배낭을 메고 뒤따랐다. 뒷사람은 앞서 걷는 사람이 자신과 행색이 비슷하다는 것을 알고는 따라잡아 동행하려 했다. 그와 달리 앞사람은 누군가가 자신을 뒤쫓는다는 사실을 알고 도망치듯이 걸었다. 앞사람이 서두르자 뒷사람은 뛰다시피 했다. 그러나 잠깐 사이에 뒷사람의 시야에서 앞사람이 사라져버렸다. 뒷사람은 더 이상 따라잡을 수 없음을 알고 길가 바위에 걸터앉아 잠시 휴식을 취했다. 한편 앞사람은 뒷사람이 보이지 않자 의혹을 떨칠 수가 없었다.

'누구지? 대체 왜 기를 쓰고 날 쫓아오다가 갑자기 안 보이는 거지?'

앞사람은 도무지 궁금해서 견딜 수가 없었다. 한동안 망설이다가 결국 발걸음을 돌려 자초지종을 알아보기로 했다. 그런데 앉아서 쉬고 있던 뒷사람은 달아나기만 하던 앞사람이 갑자기 되돌아오자 경계심이 생겨 왔던 길로 뛰기 시작했다. 앞사람은 그렇게 달아나는 뒷사람이 더욱 수상해 보였다. 어떻게든 그를 붙잡아 까닭을 물어보고 싶었다. 그렇게 또다시 한 사람은 달아나고, 다른 사람은 기를 쓰며 뒤쫓는 것이었다…….

아까부터 멀리서 두 사람의 행동을 지켜보던 청년이 현자에게 물어보았다.

"저 두 사람은 서로 쫓고 쫓기고 하는데 대체 무슨 일이죠?"

현자가 말했다.

"별일 아니야. 누군가가 뒤쫓으면 달아나게 마련이요, 빨리 쫓을수록 더 빨리 달아나는 법. 쫓다가 멈추면 또 다른 쪽도 멈추게 마련이지."

현자의 말에 청년은 문득 깨달았다. 사실은 우리네 사랑이라는 것도 그러하다는 사실을……!

***

다가서면 멀어지고, 멀어지면 또 그리워지는 남녀 간의 사랑…….

재회

서로를 끔찍이도 아끼고 사랑하는 커플이 있었다. 그 사랑도 시간이 지나면서 금이 가더니 차츰 서로 먼 산 보듯 하고, 나중에는 원수처럼 다투다가 헤어지고 말았다. 그런데 안타깝게도 그들은 서로 헤어지고 난 뒤에야 오직 그 사람밖에 없다는 사실을 절감하게 되었다.

어느 날 두 사람은 우연히 길에서 마주쳤는데, 멀찍이서 마주 선 채로 서로 아무 말도 하지 않았다. 그냥 외면해버릴지, 다가설지를 두고 망설였던 것이다.

두 사람의 간격이 가까워졌을 때 다시 발걸음이 멈춰졌고, 그때 남자가 슬그머니 그녀의 손을 잡았다. 여자도 순종하듯 뿌리치지 않았다.

이튿날, 여자가 흥분된 목소리로 친구들에게 말했다.

“우리, 다시 시작했어! 우린 여전히 서로를 깊이 사랑하고 있었다고!”

친구들이 물어보았다.

"그래, 너보고 뭐라고 하든?"

"아니, 아무 말도 안 했어."

"너한테 사과 안 했어?"

"아니!"

"여전히 널 사랑하고 있다고 했구나?"

"아니야!"

"쳇! 아무 말도 안 했다면서 아직 사랑한다고?"

여자가 웃으면서 말했다.

"우린 서로를 너무 깊이 사랑하고 있기 때문에 말 같은 걸로 표현할 수 없는 거야. 그저 마음속으로 느끼는 거지. 난 느낄 수 있었어. 그이가 침묵으로 나에게 사랑을 고백하고 있다는 걸. 그래서 '마음으로 통한다'는 말이 있는 거 아니겠어?"

***

가벼운 사랑은 말과 행동으로 표현할 수 있지만, 깊은 사랑은 침묵으로 표현되는 것이다.

죽음을 부른 오해

비둘기 한 쌍이 느티나무에 둥지를 틀었다. 암비둘기는 둥지를 안락하게 꾸몄고, 수비둘기는 맛있는 나무 열매를 모아다가 둥지의 곳간을 가득 채웠다.

그런데 열심히 모아놓은 열매가 햇빛과 바람에 말라버리는 통에 그 부피가 눈에 띄게 줄어들어버렸다. 수비둘기가 암비둘기에게 화를 냈다.

"그동안 열매를 모으느라 얼마나 힘들었는데 내가 없는 사이에 혼자만 먹다니, 어떻게 그럴 수가 있지?"

암비둘기는 억울해하며 항의했다.

"무슨 소리예요? 난 절대 혼자 먹지 않았어요. 저절로 줄어든 것뿐이라고요!"

그러자 수비둘기는 암비둘기가 거짓말까지 한다는 생각에 더욱 화가 났다.

"흥, 잘도 둘러대는군! 그럼 열매에 날개라도 달렸다는 거야 뭐야?

어떻게 저절로 없어질 수가 있냐고!"
다정했던 비둘기 부부는 심하게 말다툼을 벌였고, 급기야 부리로 상대방을 물어뜯기까지 했다. 그러다가 힘이 센 수비둘기가 암비둘기를 쪼아 죽이고 말았다.
며칠 후 비가 내렸고, 물기를 머금은 열매들이 차츰 불어나더니 예전의 크기를 되찾았다. 그것을 본 수비둘기는 모두가 자신의 오해에서 비롯되었음을 깨닫고 암비둘기를 애타게 부르며 울었다.

***

오해는 둘 사이를 가로막는 강, 그곳에는 짙은 안개가 장막을 친다. 그래서 태양조차 그 빛을 잃어버린다.

빨간 우체통 앞에서

한 꼬마가 빨간 우체통 앞에서 발을 동동 구르고 있었다. 이제 막 글씨 쓰는 법을 배웠을 그 꼬마는 한 손에 글자가 삐뚤빼뚤하게 쓰여 있는 편지 봉투를 들고 있었다. 아마도 키가 작아서 우체통의 투입구까지 손이 닿지 않아 낑낑대는 모양이었다.

그곳에서 조금 떨어진 곳에서는 그 귀여운 꼬마의 모습을 지켜보며 사람들이 웃고 있었다. 누구도 도와주려 하지 않았는데, 어떻게 하면 조금이라도 더 그 정겨운 모습을 즐길 수 있을까 하는 표정이었다.

때마침 한 남자가 그 우체통 곁으로 다가왔는데, 그는 온몸에 흙먼지를 뒤집어쓴 청소부였다. 햇볕에 잔뜩 그을린 청소부가 얼굴에 맑은 웃음꽃을 피우며 꼬마의 곁으로 바싹 다가섰다. 그러자 꼬마가 냉큼 그에게 편지 봉투를 내밀었다. 어서 대신 넣어달라는 투로. 하지만 청소부는 고개를 좌우로 흔들어 보였다. 청소부의 태도에 꼬마는 금방이라도 울어버릴 것만 같았다.

청소부는 더욱 해맑게 웃어 보이더니 흙투성이인 팔과 가슴으로 꼬마를 가뿐히 들어 안았다. 그러고는 우체통 가까이 허리를 숙이자 꼬마가 얼른 투입구에 편지를 넣었다. 어느새 꼬마의 얼굴에선 울상이 사라졌고 청소부의 미소보다 더 해맑은 아이의 미소가 답례로 주어지고 있었다.

멀찍이서 그 광경을 지켜보던 사람들이 가까이 다가왔다. 한 여인이 청소부에 의해 더럽혀진 꼬마의 옷을 털어주며 통명스럽게 말했다.

"그냥 편지나 받아 넣어주지 왜 안았어요? 보세요, 잔뜩 더럽혀졌잖아요. 새로 산 옷인데……."

청소부가 여전히 미소 지으며 조용히 입을 열었다.

"편지를 대신 넣어주면 꼬마는 우체통에 다시 오지 않습니다. 그리고 편지도 쓰지 않을 거예요."

"……?"

"앞으로는 부인께서 직접 안아주시면 어떻겠습니까? 아이가 직접 넣을 수 있게 말이죠."

***

기쁨으로, 가슴의 고동으로 신의 속삭임을 듣는 행복한 사람…….

완벽하지 못한 사람

결혼한 지 얼마 안 된 부인이 우연히 남편의 친구를 만나 불평을 늘어놓았다.

"그이가 그럴 줄은 정말 몰랐어요. 결혼 전에는 심플하고 완벽한 사람처럼 굴더니 막상 결혼을 하고 나니까 수많은 결점이 드러나는 거예요. 담배를 피우지 않나, 아침에 양치질도 안 하고, 식사 전에 손도 씻지 않고…… 온통 엉망이에요!"

친구가 웃으며 말해주었다.

"그건 당신이 결혼 전에는 멀리서 그를 보았지만, 결혼 후에는 현미경처럼 관찰하기 때문에 그래요. 수많은 단점이 보이니 당연히 낯설어 보이겠죠. 하지만 내가 아는 그 친군 원래 그런 녀석입니다. 녀석이 당신을 사랑하지 않는 건 아니잖아요?"

"물론 그런 건 아니지만……."

친구가 말했다.

"오히려 그 친구가 결함 있는 사람이라는 걸 고마워해야 해요. 결함 없는 남편은 위험한 관찰자니까요. 허공을 떠다니는 신선이라면 몰라도, 우린 엄연히 현실에 사는 거잖아요?"

***

무결점의 연인은 위험하다. 그래서 오랜 데이트를 통해 그의 결점과 친숙해지고, 그 결점을 자신이 보완할 수 있는가를 알아봐야 하는 것이다.

나귀를 물리다

가축 시장을 둘러보던 남자가 나귀 한 마리가 마음에 들어 이모저모 뜯어보다가 상인에게 물었다.

"이 나귀를 먼저 좀 부려보면 안 되겠소?"

"얼마 동안이나요?"

"딱 하루면 됩니다."

"하루라면 문제없습니다. 그렇게 하시죠."

나귀를 몰고 집에 돌아온 남자는 그 나귀를 다른 나귀가 있는 우리에 몰아넣었다. 그리고 이튿날 다시 그곳에 가서 어제 들인 나귀가 무얼 하고 있는지 살펴보았다. 그런데 녀석은 벌써 우리에서 가장 게으르면서 먹기만 좋아하는 나귀 녀석과 치근덕거리고 있었다. 남자는 두말없이 그 나귀를 가축 시장으로 끌고 갔다.

"나귀를 도로 가져왔소."

"아니, 벌써 시용해보셨습니까?"

상인이 의아해하자 남자가 말했다.

"시용이고 뭐고 해볼 필요도 없소. 아 글쎄, 하룻밤 사이에 우리 집에서 제일 게으르고 먹기만 하는 녀석과 붙어버렸지 뭐요!"

***

서로 교류한다는 것은 가치관이 비슷하기 때문에 가능하다. 강직하고 부러지기 쉬운 사람이 기회주의자와 어울릴 수 없고, 주색잡기나 즐기는 사람이 자존심 강하고 정직한 사람과 어울릴 수 없다. 그래서 그가 어떤 친구를 사귀는지를 살펴보면 대체적으로 그 사람의 성격을 파악할 수 있는 것이다.

장도리의 첫 쓰임

형이 이제 막 철물점에서 장도리를 사들고 들어오는 아우에게 말했다.

"그걸 못 박는 데 쓰기보단 못을 빼는 데 먼저 쓰렴."

아우가 대꾸했다.

"이건 못을 박으려고 사온 거야. 못 뺄 일은 없는데?"

형이 웃으며 말했다.

"그렇더라도 연장은 좋은 일을 하는 데 먼저 쓸 생각을 해야 해. 아프게 하는 데보단 아픔을 덜어주는 데에……."

아우가 장도리를 만지작거리며 말했다.

"쓰임새라는 게 타고난 용도에 따라 그렇게 되는 것 아닌가?"

"쓰는 편에 따라 달라지는 법이야. 칼이 누구의 손에 들리느냐에 따라 이로운 연장이 되기도 하고 살상용이 되기도 하지. 어디에 쓰이느냐가 중요해. 두뇌도 인류를 발전시키는 데 쓰는 사람이 있고 범죄를 저지르는 데 골몰하는 사람이 있듯이……."

형이 아우의 어깨에 다정하게 손을 얹으며 말을 이었다.

"이 길들임은 결국 자기를 길들이는 것이기도 한데, 아무래도 첫 쓰임이 매우 중요하다고 생각해. 하찮은 볼펜 한 자루도 첫 쓰임을 낙서가 아닌 '그리운 어머니'로 시작하는 편지글로 하는 것, 새로 구입한 턴테이블에 올릴 첫 음반을 찬미곡으로 하는 것……."

형의 말을 경청하고 난 아우는 곰곰이 생각에 잠겼다가 집 안을 둘러보았다. 그러고는 곧 마당 어귀의 생나무에 박힌 대못을 빼는 데 그 장도리의 첫 구실을 하게 했다.

***

형이 말했다.

"칭찬을 들을 땐 그 안에 있는 당분을 빼고 들어라."

아우가 되물었다.

"그럼 꾸중을 들을 땐?"

"형용사는 빼고 주어만 받아들일 것!"

물 밖의 물고기

가난한 농부는 집에 끼닛거리가 떨어지자 급한 김에 이웃마을에 사는 친구에게 도움을 청하러 갔다. 부자인 그 친구는 나라가 망하더라도 곳간에 쌀 떨어질 날이 없었다.

“이번 춘궁기를 넘기기가 힘들어서 그러니 나한테 돈을 좀 융통해주지 않겠나?”

친구가 흔쾌히 대답했다.

“우린 친구인데 당연히 빌려주고말고. 그런데 한 보름쯤 뒤라야 가능하겠네. 그때 융자를 놓은 이자가 돌아오니 그걸로 빌려주지.”

그 말에 실망하여 맥이 탁 풀려버린 농부가 친구에게 말했다.

“이 동네로 오는 도중에 누가 날 부르더군. 그래서 주변을 둘러보는데 아무도 안 보이는 거야. 잘못 들었나 하고 돌아서는데 또 부르는 소리가 들리고, 그래서 소리 나는 쪽을 잘 살펴보니 길 한복판의 작은 웅덩이에 펄떡거리는 붕어 한 마리가 있더군. 붕어가 다급하게 말하는 거야. ‘도와주세요! 제 목숨이 위태로우니 제발

물 한 동이만 길어다주세요' 라고. 그래서 내가 말해주었지. '지금은 내가 바쁘니까 저녁때 돌아가는 길에 호스로 물줄기를 끌어다 주겠네. 그러면 되겠지?' 그랬더니 그 붕어란 녀석이 뭐라고 했는지 아는가?"

"……?"

"이러더군. '지금 당장 목 축일 물이 없어서 바싹 말라버릴 지경인데 나중에 끌어다주는 물이 무슨 소용이오? 그땐 물을 끌어올 게 아니라 건어물 가게에서 날 찾으시오' 라고 말이야."

***

아무리 좋은 선행도 너무 늦어버리면 아무런 의미가 없다.

매의 청혼

처녀 독수리가 상심한 얼굴로 나뭇가지에 앉아 있을 때 총각 매가 날아와 말을 걸었다.

"왜 그렇게 우울해하는 거야?"

"성인이 되어 이제 결혼을 해야 하는데, 마땅한 남자가 있어야 말이지."

그러자 매가 슬쩍 떠보았다.

"그러지 말고, 난 어때? 힘도 세고 높이 날 수도 있는데?"

"네가 식구들을 먹여 살릴 수 있겠어?"

"그럼! 내가 작아 보여도 타조 정도는 거뜬히 사냥할 수 있다고!"

독수리는 매의 달콤한 유혹에 매료되어 그 청혼을 받아들였다.

결혼식을 치르고 나서 며칠 후, 신부 독수리가 말했다.

"이제 가서 타조를 좀 잡아와봐."

매는 두말없이 날아가더니 한참 만에 작은 생쥐 한 마리를 물고 돌아왔는데, 죽은 지 한참이 지났는지 썩는 냄새가 코를 찔렀다.

독수리가 따졌다.

"이게 네가 말한 타조니?"

그러자 매는 뭐가 대수냐는 듯 이렇게 대꾸했다.

"너와 결혼하려면 무슨 약속인들 못하겠니? 뭐, 타조 사냥 같은 건 내가 할 수 있는 일이 아니라는 걸 알았지만."

***

상대방의 환심을 사기 위해서는 밤하늘의 별이라도 따줄 것처럼 말하는데, 그런 약속 때문에 얼마나 많은 연인들이 실망하고 좌절하는가!

분명 사랑은 죄가 아니다. 사랑이라는 이름 앞에서는 그 어떤 무책임한 맹세도 이해될 만하다. 단지 상대방을 신뢰하는 것이 꿀처럼 달콤한 속삭임 때문이 아니라 그 사람의 됨됨이 때문이라야 한다.

백조가 사라진 이유

경치 좋은 호수 한가운데의 작은 섬에 늙은 어부와 그의 아내가 살고 있었다. 어부는 날마다 호수에서 물고기를 잡고 아내는 닭과 오리를 쳤다. 부부는 가끔씩 마을에 나가 소금이나 생필품 같은 것을 사올 뿐 외부와의 접촉이 거의 없었다.

어느 가을날 하얀 백조 무리가 이 섬에 날아왔는데, 머나먼 북쪽에서 남쪽 땅으로 이동하는 길이었다. 뜻밖의 손님들을 맞은 노부부는 무척 반가워했다. 오랫동안 섬에 살면서 처음 맞는 손님이기 때문이었다.

노부부는 백조들에게 닭 사료와 물고기를 나눠주었다. 그래서 백조들은 노부부와 사이가 좋아졌다. 섬에서 자유로이 돌아다녔고 어부가 물고기를 잡으러 나갈 때면 배 양옆에서 유유히 헤엄치고 놀았다.

겨울이 다가왔지만 백조들은 남쪽으로 날아갈 기미를 보이지 않았다. 낮에는 호수에 나가 먹이를 찾았고 밤이면 섬으로 돌아왔다. 호수가 꽁꽁 얼어붙어 먹잇감을 구할 수 없게 되자 노부부가 따뜻한 집 안으로 백조들을 불러들여 먹을 것을 주었다. 이런 보살핌은 봄이 오고 얼음이 녹을 때까지 이어졌다.

달이 가고 해가 바뀌도록 노부부의 보살핌과 사랑은 변함이 없었다. 그러나 유수처럼 흐르는 세월은 어쩔 수가 없는 법. 수명이 다한 노부부도 차례로 세상을 뜨고 말았다. 그 후 백조들도 그 섬에서 자취를 감춰버렸다. 안타깝게도 그들은 따뜻한 남쪽 나라를 찾아간 것이 아니라 그해 겨울 호수가 얼어붙자 모두 굶어 죽고 말았던 것이다.

***

세상에서 가장 위대한 것이 사랑이지만, 사랑에도 도가 있다. 도를 넘은 사랑은 오히려 남에게 해를 끼친다.

사랑하면 놓아주라…….

운명의 배

서른 살쯤 되어 보이는 여자가 강물에 투신했는데, 때마침 그곳을 지나던 뱃사공이 발견해 구출해냈다.

늙은 뱃사공이 조심스레 물어보았다.

"젊은 나이에 왜 죽으려 한 거요?"

그녀가 대답했다.

"결혼한 지 2년 만에 남편이 절 버렸어요. 더군다나 아이도 병으로 죽고. 그러니 제가 무슨 낙으로 세상을 살아가겠어요?"

뱃사공이 다시 물었다.

"그럼 2년 전에는 어떻게 살았소?"

"그때야 아무 걱정 없이 자유로이 살았죠."

"그땐 남편이 있었소?"

"처녀 땐데 당연히 없었죠."

뱃사공이 말해주었다.

"그렇다면 지금 이 운명의 배를 타고 과거 2년 전으로 돌아가는 셈 아니오? 지금부터 다시 자유롭게, 아무런 근심 걱정 없이 살아가면 되는 것 아니냔 말이오?"

그 말에 여자는 꽉 막힌 가슴이 탁 트이는 것 같았다. 그래서 뱃사공에게 진심으로 고마움을 표하고 가뿐한 마음으로 뭍에 올라섰다.

***

사랑이 떠난 뒤에는 포기하고 놓아주는 것이 유일한 방법이다. 사랑하는 순간에 느꼈던 황홀감과 집착을 버려야 한다. 그러지 않으면 보다 좋지 못한 찌꺼기들에 짓눌리고 만다.

지나간 사랑은 사무치는 고통. 사랑이 떠나버렸을 때, 우리는 과연 여유 있고 과단성 있게 그것과 거리를 두고 마주 볼 수 있을까?

어떤 오해

미국 인디애나 주 포트웨인에 결혼한 지 얼마 안 된 젊은 부부가 있었는데, 난산으로 아내가 죽고 어린아이만 남겨놓았다. 젊은 아빠 닉은 생계를 꾸려나가면서 살림까지 도맡아야 했으므로 여간 힘들지 않았다. 혼자서 아이까지 돌보기가 힘들었던 그는 개 한 마리를 훈련시켰는데, 어찌나 기특한지 아이한테 우유를 먹이는 일 정도는 무난히 해주었다.

그날은 닉이 인근 지역으로 출타하면서 개에게 아이를 잘 돌보라고 신신당부했다. 그런데 갑작스레 때아닌 폭설이 퍼붓는 바람에 그날 돌아오지 못하고 하룻밤을 묵고 집으로 돌아왔다.

닉이 돌아오기가 무섭게 인기척을 듣고 달려온 개가 꼬리를 흔들며 반겨주었다. 그런데 방문을 열어보니 방 안 곳곳이 온통 피투성이였고, 아이의 침대에도 피가 묻어 있었다. 당연히 있어야 할 아이도 보이지 않고 개의 주둥이에도 피가 잔뜩 묻어 있었다.

눈앞의 끔찍한 상황에 닉은 한순간 눈이 뒤집히고 말았다. 잘 훈련된 녀석이라고 굳게 믿었거늘, 개가 야성이 발작하여 아이를 해친 것이 틀림없어 보였다. 눈에서 불이 난 닉은 즉시 벽에 걸린 사냥용 엽총을 꺼내 개를 쏘아 죽었다.

그런데 닉의 귓가에 문득 가느다란 아이의 울음소리를 들렸다. 간신히 정신을 차리고 울음소리를 따라가니 침대 밑에 아이가 누여 있었다. 옷에 핏자국이 묻어 있긴 해도 상처가 난 데는 없었다. 영문을 알 수 없었던 닉은 죽은 개를 살펴보았다. 개의 뒷다리 살점이 뭉떵 뜯겨나가 있고 침대 밑에는 늑대 한 마리가 늘어져 있었는데, 늑대의 입에는 개의 살점이 물려 있었다.

어린 주인의 목숨을 구한 충직한 개는 정말 어처구니없게도 주인의 오해 때문에 억울하게 죽고 말았던 것이다.

***

오해는 상황을 잘 이해하지 못하고, 이성적이지 못하며, 상대방에 대한 이해심 없이, 인내심 없는 자신을 반성할 줄 모르며, 지극히 충동적인 상황에서 생겨난다.

무슨 일이 있어도

칼빈이 자기 아내를 살해했는데, 변호인은 그가 일시적인 정신이상 증상을 보이고 있다고 주장했다.
칼빈은 곧 법정에 섰고, 변호인은 그에게 범행 사실을 직접 진술해달라고 요청했다.
"재판장님. 저는 하루하루를 정직하고 조용히 살아가는 평범한 시민입니다. 매일 6시면 일어나 운동을 하고, 7시에 아침식사를 하고, 9시면 어김없이 직장으로 출근하고, 6시가 땡 하면 퇴근하여 집에 돌아와 식탁에 차려진 저녁밥을 먹고, 텔레비전을 시청하다가 9시 반에 잠자리에 듭니다. 문제의 그 사건이 벌어지기 전까지만 해도요."
갑자기 그의 숨소리가 거칠어지더니 얼굴에 분노의 빛이 역력했다.
옆의 변호사가 재촉했다.
"계속하십시오. 대체 그날 무슨 일이 있었는지 재판장님께 말씀

하세요."

"문제의 그날 저는 평소와 마찬가지로 직장에 출근했다가 정각 6시에 퇴근하여 6시 반에 집에 도착했습니다. 그런데 어이없게도 식탁에 저녁식사가 준비되어 있지 않다는 사실을 발견했습니다. 내가 집 안에 들어섰는데도 아내는 기척도 없었고요. 그래서 집 안 이곳저곳을 둘러보는데, 아내가 낯선 사내와 침대 위를 뒹굴고 있는 것이 아니겠습니까? 때마침 제 손엔 부엌칼이 들려 있었고, 전 그걸로 아내를 찔렀습니다."

듣고 있던 변호사가 자신의 주장을 관철하려고 애쓰고 있었다.

"아내를 찌르던 그 당시의 감정을 자세히 말해주십시오. 어땠습니까?"

"전 그때 몸도 가눌 수 없을 정도로 깊은 충격을 받았습니다. 존경하는 재판장님, 그리고 배심원 여러분!"

그가 주먹을 불끈 쥐며 외쳤다.

"저는 한 가정의 가장으로서 6시에 집으로 돌아오면 무슨 일이 있어도 식탁에 저녁식사가 차려져 있어야 한다고 절대적으로 주장합니다."

***

무식은 신의 저주이며, 지식은 하늘을 나는 날개이다.

절름발이 왕자

옛날 중국의 제후국에서 공주가 신랑감을 찾는다는 소식을 듣고 이웃나라의 왕자들이 찾아왔다.

첫 번째 방문자는 잘생긴 대방국 왕자였다. 공주가 그를 맞이하며 물어보았다.

"왕자님께선 어떤 선물을 가져오셨나요?"

"예, 저는 아름다운 공주님을 위해 구렁이 한 마리를 가져왔습니다."

공주가 깜짝 놀랐다.

"구렁이라고요?"

"그렇습니다. 이 구렁이는 우리나라의 값진 보물인데, 사흘에 한 번씩 야명주(夜明珠, 고대 중국에 있었다는 밤에도 빛나는 구슬)를 토해낸답니다."

그러면서 구렁이를 키우려면 사흘에 한 번씩 수소의 눈알을 뽑아 먹여야 한다고 했다. 공주는 야명주를 토해낸다는 구렁이가 무척 신기했지만, 장차 나라 안에 눈먼 소들이 넘쳐날 것이라고 생각하니 소름이 끼쳤다.

두 번째로 찾아온 사람은 대릉국 왕자였다. 그의 손에는 예쁜 장미 한 송이가 들려 있었다.

"그건 흔한 장미꽃이 아닌가요?"

"절대 그렇지 않습니다. 이 꽃은 이 세상에 단 하나뿐인 장미로, 공주님께서 이 꽃향기를 맡으면 영원한 젊음을 유지할 수 있을 것입니다."

그러면서 그 장미는 반드시 여인들의 눈물이 가득 담긴 꽃병에 꽂아두어야 한다고 했다. 공주는 당연히 자신의 젊고 아름다운 모습을 오래도록 붙잡아두고 싶었지만, 수많은 여인이 그 꽃을 위해 눈물을 흘려야 한다고 생각하니 차마 받아들이기가 힘들었다.

세 번째 왕자는 온몸에 흙먼지를 뒤집어쓰고 다리를 절며 찾아왔는데, 손에 작은 술잔을 들고 있었다. 그 왕자가 공주 앞에 무릎을 꿇고 말했다.

"어여쁜 공주님, 전 대원국의 셋째왕자입니다. 수만 리를 걸어서 이곳에 도착했지만, 사실 전 공주님께 청혼을 하러 온 것이 아닙니다."

공주가 의아해하며 거지꼴인 왕자에게 물었다.

"청혼이 아니라면 무슨 일로 찾아왔나요?"

"제가 찾아온 것은 우리 대원국의 장군을 살릴 약을 구하기 위해서입니다. 오직 '무구'라 불리는 새의 피가 있어야 장군의 병을 고칠 수 있는데, 듣자 하니 공주님께서 그 새를 가지고 있다고 하더군요. 부디 공주님께서 은혜를 베풀어주시면 고맙겠습니다."

공주가 조금 쌀쌀맞은 표정으로 물었다.

"만약 주지 않겠다면요?"

왕자가 결기 어린 표정으로 대답했다.

"그럼 이 자리에서 일어나지 않겠습니다."

'이 사람 대체 뭐야? 절름발이 주제에 선물은커녕 오히려 끔찍한 일로 나를 당혹스럽게 하다니……!'

공주는 화가 나서 대뜸 쏘아붙였다.

"무례를 범한 죄로 내가 당신을 사형에 처한다면요?"

그러자 왕자는 이렇게 말했다.

"공주님, 사실 전 원래부터 절름발이가 아니라 오는 도중에 다쳐서 이런 겁니다. 그리고 공주님께 바칠 선물이라면 공주님을 연모하는 이 마음밖에는 가진 것이 없습니다. 공주님께서 처형을 원하신다면 기꺼이 제 목숨을 바치겠습니다."

"……!"

왕자의 말에 공주의 얼굴에는 어느새 미소가 감돌았다.

공주가 왕자에게 다가가 부축해 일으키며 말했다.

"좋아요. 당신께 제가 기르는 새의 피를 내드리겠어요. 그리고 기꺼이 당신을 제 신랑감으로 삼겠습니다."

부하 장수의 약을 구하러 온 왕자는 뜻하지 않게 공주의 사랑까지 얻게 되었다. 공주도 자신이 선택한 왕자가 절름발이가 아닐 뿐더러 잘생기고 지혜로운 사람임을 알고 무척 행복해했다.

***

여자의 마음은 꼭 자기를 소홀히 대하고 무례한 사람에게 다가간다. '나쁜 남자 신드롬' 인가?

맛의 비결

마이클은 요리 솜씨가 좋은 아내 수전으로 인해 친구들의 부러움을 사곤 했다.

그런데 수전은 마이클에게 줄곧 이렇게 다짐해두었다.

"마이클, 주방 철통(鐵桶) 속은 절대 들여다봐선 안 돼요. 알았죠? 만일 당신이 약속을 어긴다면 다시는 맛있는 음식을 먹을 수 없게 될 거예요."

수전이 말하는 것은 주방 선반 위에 놓인 작은 철통이었는데, 그녀에 말에 의하면 그 철통 속에 장모님한테서 물려받은 모종의 '비밀 재료'가 들어 있다는 것이었다.

그녀는 그 재료를 매우 아껴서 썼는데, 너무 많이 사용하다 보면 곧 없어져버릴지도 모른다는 걱정 때문인 것 같았다. 하지만 그것은 아주 조금씩만 사용해도 최고의 효과를 발휘했다. 그녀의 요리 솜씨는 언제나 최고였기 때문이다.

마이클도 수전이 그것을 뿌리는 것을 딱 한 번은 본 적이 있는데 가루가 너무 고와서인지, 아니면 극소량만 사용해서인지 눈에 잘 보이지는 않았다.

그런데 그럭저럭 30년 넘게 참아온 궁금증이 아내가 집을 비운 그날은 걷잡을 수 없이 부풀어 올랐다. 몇 번씩이나 아내의 다짐을 떠올려보았지만, 머릿속에는 온통 그 철통을 한번 열어보고 싶다는 생각뿐이었다.

'도대체 그 속에 뭐가 들어 있기에……?'

마이클은 도무지 궁금증을 견디지 못하고 선반 위의 철통을 집어 조심스레 식탁 위에 내려놓았다. 그는 침을 꿀꺽 삼켰고, 긴장한 나머지 땀이 밴 손으로 조심스럽게 뚜껑을 열어보았다.

순간 마이클은 깜짝 놀랐다. 그 속에는 조그맣게 접힌 종이 한 장 외에는 아무것도, 정말 다른 것은 아무것도 들어 있지 않았다.

마이클은 간신히 손가락을 밀어 넣어 그 쪽지를 펼쳐보았는데, 거기에는 서투른 장모님의 글씨로 이렇게 적혀 있었다.

'수전, 무슨 요리를 하든 사랑을 뿌려 넣는 걸 잊지 말거라.'

종이를 다시 통 속에 넣으면서, 마이클은 아내의 요리가 왜 그렇게 항상 맛있는지 그 비결을 조금은 알 것도 같았다.

***

가정을 잘 꾸려나가지 못하는 여자는 집 안에서 행복하지 못하다. 그리고 집 안에서 행복하지 못한 여자는 어딜 가든 행복할 수 없다.

문밖의 세 노인

문밖의 인기척에 부인이 나가 대문을 열어보니 백발이 성성한 세 명의 노인이 서 있었다. 생면부지의 낯선 사람들이었지만, 상냥한 부인은 스스럼없이 말을 건넸다.

"어르신들 몹시 시장하신 것 같은데, 안으로 들어오셔서 식사라도 하실까요?"

그러자 노인들이 이구동성으로 말했다.

"우리 셋은 함께 들어갈 수가 없소이다."

"아니, 왜요?"

의아해하는 부인에게 한 명이 다른 두 명을 가리키며 말했다.

"저 친구는 부귀이고, 저 친구는 성공이지. 그리고 난 사랑이라 하오. 그러니 안에 들어가서 남편과 잘 상의해보시게나. 우리 셋 중 누구를 집 안에 들일 것인가 말이야."

부인이 시키는 대로 안으로 들어가 노인의 말을 전해주었고, 남편은 무척 기뻐하는 눈치였다.

"그렇다면 부귀 노인을 들이는 게 좋겠군!"

부인의 생각은 달랐다.

"성공 노인을 모시는 게 더 낫지 않을까요?"

옆에서 듣고 있던 며느리도 끼어들었다.

"아버님 어머님, 그러지 말고 사랑 노인이 좋지 않겠어요? 우리 집 안에 사랑이 가득 넘치게 말이에요."

사랑스런 며느리의 말에 부부는 곧 의견 일치를 보았다.

"그래, 우리 며늘아기 말대로 합시다!"

이윽고 부인이 세 노인을 향해 말했다.

"아까 어느 분이 사랑이라고 하셨던가요? 함께 들어가시지요."

사랑 노인이 성큼성큼 안으로 발걸음을 옮겼고, 그러자 다른 두 노인도 그 뒤를 따랐다.

"?"

부인이 의아해하며 물어보았다.

"저기요…… 아까는 함께 못 들어오시겠다고 하더니, 지금은 사랑 노인만 청했는데 왜 두 분까지 함께 들어오시는 거죠?"

두 노인이 웃으며 대답했다.

"사랑이 있는 곳에는 항상 부귀와 성공이 뒤따르게 마련이외다."

***

오직 사랑만이 행복과 관련된 모든 요소를 선물한다. 사랑은 또 모든 불행과 관련된 요소를 제거해주는 위대한 힘이다.

고슴도치들

북풍 한파가 몰아치는 겨울날, 숲 속의 고슴도치들은 온몸을 부들부들 떨었다. 그들은 서로의 체온을 빌려 추위를 견디기 위해 꼭 붙어 있었다. 그러다가 서로의 가시에 찔려 제각각 떨어지고 말았다.
날은 더욱 추워졌고 그들은 아픔을 참아가며 다시 뭉쳤다. 그러나 얼마 못 견디고 또다시 떨어져야 했다. 추위와 아픔에 시달리며 뭉치고 흩어지고 흩어졌다가 다시 뭉치기를 얼마나 반복했던가. 고슴도치들은 마침내 서로의 체온으로 추위를 덜면서도 서로의 가시에 찔리지 않는 가장 적절한 거리를 찾아내어 유지할 수 있었다.

***

사람과 사람 사이에도 일정한 공간이 필요하다. 친하다고 할 말 못할 말 구분하지 못하면 상처를 주게 된다. 지금 좋은 친구가 있다면 서로 너무 친하게 굴다가 상처를 입느니 차라리 일정한 간격을 두어 충돌을 예방하는 편이 낫다. 과분한 호의와 친절로 오히려 친구를 잃게 되는 경우를 만들지 말아야 한다.

숲 속의 네 친구

쥐, 거북이, 오리, 까마귀가 함께 어울려 살고 있었다.

어느 날 오리가 혼자 산책을 나갔는데 너무 멀리까지 가게 되었다. 오리 특유의 "꽥꽥" 하는 소리를 듣고 사냥개가 쫓아왔지만 오리는 전혀 눈치채지 못했다.

한편 식사 시간이 되자 쥐가 두 친구에게 물었다.

"왜 우리 셋뿐이지? 오린 어디 갔어?"

"글쎄, 어디서 위험에 빠진 건 아닐까? 까마귀 네가 한번 찾아보지 않을래?"

거북이의 말에 까마귀가 즉시 숲 속으로 날아갔는데, 저 아래 그물에 걸린 오리가 눈에 띄었다. 딱 봐도 위기에 처해 있었지만 까마귀는 일단 돌아가 거북이와 쥐에게 상황을 알려주었다.

소식을 들은 거북이와 쥐는 안절부절못했다. 그들은 당장 오리를 구출해낼 방법을 강구했다.

쥐가 거북이에게 말했다.

"당장 오리한테 가봐야 해!"
까마귀가 말했다.
"거북이 넌 여기 남는 게 좋겠어. 가는 데 시간을 허비하다간 자칫 오리의 목숨이 위태롭다고."
그렇게 해서 쥐와 까마귀가 먼저 오리를 구하러 출발했고, 얼마 후에는 한껏 마음이 초조해진 거북이도 그 뒤를 따랐다. 느릿느릿 기어가는 내내 자기를 이렇게나 느리게 만든 조물주를 실컷 원망하면서.
얼마 후 오리를 발견한 쥐가 날카로운 이빨로 그물을 갉아냈다. 그런데 때마침 사냥꾼이 나타나 노발대발했다.
"어떤 놈이 오리를 풀어준 거야?"
사냥꾼을 본 쥐는 잽싸게 땅속으로 숨었고 오리도 숲 속으로 달아났다.
바로 그때 거북이가 도착했다. 그러자 오리를 놓쳐 화가 나 있던 사냥꾼은 거북이를 보자 얼굴에 화색이 돌았다.
"그래! 그물도 다 망가졌는데, 꿩 대신 닭이라고 거북이나 갖다가 구워 먹자!"
사냥꾼이 덥석 거북이를 집어 들어 사냥 주머니에 넣었다. 그러자 숨어서 그 모습을 본 쥐가 오리에게 이 사실을 전했고, 오리는 당장 거북이를 구출할 방법을 모색했다.
오리가 숲에서 나가 다리를 다친 것처럼 뒤뚱거리면서 꽥꽥거렸고, 사냥꾼은 거북이를 담은 주머니를 내팽개치고 오리를 뒤쫓았다. 그러는 사이에 쥐가 사냥 주머니를 물어뜯고 거북이를 구출했고, 멀리서 그 모습을 지켜본 오리는 여유롭게 호수로 뛰어들었다.

얼마 후 의좋은 네 친구는 다시 한자리에 모여 신나게 무용담을 나눌 수 있었다.

***

좋은 친구가 있어야 자신의 약점을 보완할 수 있고 경쟁력도 제고할 수 있다. 친구를 사귄다는 것은 정서적인 안정감을 줄 뿐만 아니라 사업에서도 더 많은 가치와 이익을 추구할 수 있게 해준다. 친구가 많다고 반드시 성공한다는 보장은 없지만, 성공을 원한다면 친구가 없이는 불가능하다.

목동과 산양

양떼를 돌보는 목동이 목초가 풍성한 산비탈에서 풀을 뜯는 양들을 지켜보고 있었다. 얼마 후 목동은 산양 몇 마리가 양떼 사이에 끼어 있는 것을 발견하고 속으로 이렇게 생각했다.

'저 산양들을 내 양으로 만들 수 있다면 얼마나 좋을까!'

저녁이 되자 목동은 자기 양들과 거기에 끼어든 산양 몇 마리까지 몰고 와 우리 안에 몰아넣었다.

이튿날은 바람이 세고 비까지 내려 양떼를 방목할 수가 없었다. 목동은 건초를 우리에 가져다주면서, 산양들을 무사히 안착시키려면 후한 대접을 해줘야 한다고 생각했다. 그래서 좋은 건초는 산양들에게만 먹이고 자기 양들한테는 허기나 달랠 정도의 건초만 주었다.

다행히 그다음 날은 날씨가 화창했다. 목동은 양 우리를 활짝 열고 방목에 나섰다. 그런데 얼마 지나지 않아 새로 들인 산양 몇 마리가 무리에서 이탈해 산등성이로 달아나는 것이었다.

"야, 너희들 어딜 가는 거야?"

목동은 화가 나서 욕설을 퍼부었다.

"좋은 건초를 골라 먹이고 우리 양보다 더 후하게 대접해줬건만, 이 배은망덕한 놈들!"

그러자 저만치 멀어지던 산양들 중 한 마리가 뒤돌아보며 목동에게 말했다.

"그래서 떠나는 거예요."

"?"

"당신은 우릴 붙잡아두려고 자기 양들을 굶기잖아요. 혹시 내일 또 다른 양들이 들어오면 우리도 그런 처지가 되겠죠!"

***

새 친구를 사귀자고 옛 친구를 경원시해서는 안 된다.

만일 네가 사랑이라면

산속에서 오두막을 짓고 홀로 살아가는 노인은 한없이 외롭고 고독했다. 아무도 찾아오지 않는 그에게 벗이라곤 숲 속의 나무들과 작은 도랑물, 산새들과 야생화가 전부였다.
계절은 끊임없이 순환했고, 봄이 오면 노인은 따스한 봄바람이 자신의 언 마음을 녹여 싱그럽게 되살려주길 원했다. 그러한 기대는 곧 실망으로 바뀌었다. 여름이 오면 노인은 시원한 장대비가 자신의 우울한 마음을 깨끗이 씻어주길 원했다. 하지만 곧 실망해버렸다. 가을이 오면 노인은 달콤한 산머루에 취해 햇살 밝은 양지에서 한숨 자고 싶었다. 하지만 그는 또다시 실망했다. 겨울이 오자 노인은 더 이상 아무것도 희망하지 않았다. 눈송이가 펄펄 날리는 산간에 홀로 서서 자기 안에 묵어 있는 그 모든 바람을 허허로이 던져버렸다. 그러자 바로 그 순간 누군가가 노인을 찾아왔다. 한없이 해맑고 만면에 웃음 가득한 얼굴로……. 아이였다! 한 아이가 먼발치서부터 노인을 향해 두 팔을 흔들어주었다.

아! 따스한 봄바람이 노인의 마음속 얼음장을 녹여버렸다. 그리고 시원한 빗줄기가 퍼부어 마음속 그늘을 말끔히 씻어주었다! 아이가 노인에게 빨간 사과 하나를 건네주었고, 그것을 받아 한입 베어 물자 금세 취해버렸다!

노인이 물어보았다.

"얘야, 넌 누구니? 넌 내가 평생토록 갈구해온 모든 것을 한꺼번에 다 주었구나!"

아이는 한동안 말없이 미소만 지었다.

"넌 누구니?"

"사랑입니다."

"사랑……? 사랑이란 게 뭐지?"

아이가 노인을 똑바로 쳐다보며 말했다.

"사랑은 그냥 사랑이에요."

노인은 갑자기 자신이 처량해지는 느낌이 들었다.

"사랑이란 흐르는 물과 같아서 온 듯이 금세 흘러가버리는 것…… 그렇다면 너도 그만 가보거라……."

하지만 아이는 미동도 않았다.

"사랑이란 봄날의 꽃처럼 피었다가 금세 져버리는 것 아니더냐. 이제 그만 가보거라."

노인의 재촉에도 아이는 떠나지 않았다.

"사랑이란 감미로운 술처럼 취한 뒤에는 반드시 깨는 법. 아이야,

이제 그만 가보거라."

아이는 여전히 꼼짝하지 않았다.

"어서 가거라. 가서 네 사랑의 꽃을 훨씬 더 아름답게 꽃피울 장소를 찾아보거라!"

아이가 진심 어린 눈길로 노인을 바라보며 말했다.

"지금 당신이 딛고 있는 땅이 바로 제가 피어나기에 가장 적합한 곳입니다."

"하지만 너와 나 사이엔 깊은 도랑이 있잖니?"

"뛰어넘을 수 있어요."

"우리 사이엔 가시덤불과 험난한 장벽이 놓여 있단다."

"그런 건 문제가 아니에요!"

"어쩌면 난 너의 사랑을 위해 아무런 보답도 못해줄 텐데?"

"아무것도 원하지 않아요. 전 그냥 사랑이거든요……."

***

만일 네가 물 한 모금을 준다면 나는 넘쳐흐르는 샘물로 보답하리.

만일 네가 꽃 한 송이를 선물한다면 나는 내 봄날을 다 바쳐 보답하리.

만일 네가 나에게 사랑을 준다면, 세상에서 가장 소중하고 아름다운 그것을 내게 준다면 나는 내 온 생명을 다 바쳐 보답하리…….

식빵의 용도

한 청년이 날마다 길모퉁이에 있는 빵집에 들러 식빵을 사가곤 했다. 청년은 몸이 좋지 않은지 늘 낯빛이 창백했고, 주머니 사정도 나쁜 듯 늘 싸구려 식빵만 달라고 했다.

빵집 여주인은 매일같이 찾아오는 그를 기억하게 되었고, 가난한 청년이 영양가 없는 싸구려 식빵만 먹는 것이 무척 안타까웠다. 그래서 하루는 식빵 사이에 버터를 듬뿍 넣어서 주었다.

바로 그날 저녁, 일이 벌어졌다. 청년이 가게를 찾아와 주인에게 불같이 화를 내더니 결국에는 절망한 표정으로 주저앉고 마는 것이었다.

청년은 도시 설계전에 응모하기 위한 설계도의 마무리 손질 작업을 하고 있었다. 그래서 설계도의 지우개로 사용하기 위해 매일같이 식빵을 사갔는데, 그 빵 때문에 도면을 모두 망치고 말았다는 것이었다.

빵집 주인은 순수한 인정으로 청년을 생각해 선행을 베풀었지만,

결국에는 그에게 엄청난 손해를 끼친 꼴이 되었다.

***

이해심 없는 사랑은 일을 그르칠 위험성이 크다. 사랑은 내가 무엇을 주었다는 데 만족할 것이 아니라 그것을 받는 이에게 기쁨이고 유익한 것이라야 한다.

선배들의 사랑

같은 대학 동아리의 4학년 학생들은 마지막 겨울방학을 후배들과 함께하고 싶었다. 그래서 겨울 산행을 제안했지만 후배들이 저마다의 약속을 핑계로 갈 수 없다는 것이었다. 2학년 후배 한 명만 제외하고. 선배들은 그 후배만이라도 데리고 가기로 했다.

그날은 겨울치고 무척이나 포근했다. 그래서 간단한 방한 장비와 음식을 챙겨 산으로 향했다. 어느덧 산 중턱쯤 올랐는데 갑자기 날씨가 나빠졌다. 산을 오르던 다른 등산객들은 하산을 서둘렀지만, 마지막 추억 만들기에 대한 미련을 떨쳐버릴 수 없었던 그들은 최대한 빨리 올라갔다 내려오자며 등산을 계속했다.

날씨는 점점 더 악화되어 눈송이가 날리기 시작하더니 어느새 눈보라로 바뀌었다. 정상이 눈앞이었지만 눈보라부터 피해야 했다. 폭설 때문에 자칫하다간 모두 길을 잃을 상황이었다.

일행은 산속을 헤매다가 간신히 눈보라를 피할 수 있는 작은 움막을 발견했다. 심마니들이 사용하다가 거의 폐허가 되다시피 한 그곳에는 불을 피울 땔감조차 없었다. 그렇다고 눈보라 속에서 땔감을 구하러 다니기도 힘들었다. 일행은 눈이 그치기만을 기다리며 휴대용 라디오 뉴스를 들어보았지만 날이 개려면 2~3일이 지나야 한다는 예보뿐이었다. 깊은 산속이라 그나마 잘 터지지도 않는 휴대전화는 방전된 지 오래였다. 어떻게든 산에서 벗어날 방법을 찾아야 했다.

고민 끝에 일행은 한 명을 산 밑으로 내려보내 구조를 요청하기로 했다. 그런데 하산하다가 길을 잃을 수도 있고, 실족하여 불의의 사고를 당할 수도 있기 때문에 갖고 있는 방한 장비와 음식을 모두 하산자에게 주기로 했다. 일행은 통에 넣은 종이 가운데서 동그라미가 그려진 종이를 뽑는 사람을 하산자로 선정하기로 했다.

각자가 종이를 한 장씩 뽑았다. 선배들은 유일한 후배에게 먼저 종이를 펼쳐보라고 했다. 그런데, 다행인지 불행인지 그 후배가 뽑은 종이에 동그라미가 그려져 있었다. 선배들은 약속대로 그 후배에게 자신의 점퍼와 음식 등을 건네주고 산 밑으로 향하게 했다.

그 후 후배는 산속을 무려 열 시간 넘게 헤매다가 간신히 산 아래로 내려가 구조를 요청했다. 하지만 구조대원들은 한결같이 난색을 표했다. 움막의 위치도 정확히 알 수 없는데다 눈보라가 심해서 바람이 어느 정도 잦아들기 전까지는 구조 작업에 나설 수 없다는 것이었다. 후배는 자기 혼자만이라도 다시 올라가야 한다고 떼를 썼지만, 그 역시 탈진한 상태였다. 안정을 취하면서 눈보라가 잠잠해지기만을 기다려야 했다.
이틀 만에 눈보라가 그쳤고, 후배와 구조대원들은 함께 산에 올랐다. 그리고 저녁때가 다 되어서야 정상 부근에 있는 움막을 발견했다.
그들은 추위를 견디기 위해 빙 둘러앉아 모닥불을 피운 모양이었다. 자신들이 가지고 있는 것들 중 불에 탈 만한 것은 모두 집어넣었고, 마침내 언 몸뚱이를 바싹 밀착시켰지만 결국 더 이상 버티지 못한 듯했다. 그들 모두 싸늘한 시체로 변해 있었다.
구조대원들이 그들을 후송하기 위해 서로를 떼어놓는데, 문득 이상한 것이 눈에 띄었다. 저마다의 손에 접힌 종이가 한 장씩 쥐어져 있었는데, 한결같이 동그라미가 그려져 있었다.

***

모든 위대한 사람들의 발자취를 보라. 그들이 걸어온 길은 고난의 길이며 자기희생의 길이었다. 자기를 희생할 줄 아는 사람만이 위대해질 수 있다. _G. E. 레싱

용사를 쓰러뜨린 것

수많은 전투에서 무공을 세운 용사가 터무니없는 중상모략에 시달렸는데, 모두 그의 출세를 시기한 소인배들의 소행이었다.

"정말 못 봐주겠군. 무식하게 힘밖에 쓸 줄 모르는 놈이 앞뒤 모르고 날뛰는 꼴이란!"

그런 험담에도 용사는 호탕하게 웃기만 할 뿐 아무런 대꾸도 하지 않았다. 상대할 가치가 없고 오직 진실만으로 충분하다고 여겼던 것이다. 다급해진 쪽은 오히려 소인배들이었다.

"흥! 교만한 자식, 감히 우릴 무시해? 이거 가만 놔둬선 안 되겠는데?"

용사의 무대응이 소인배들의 화를 돋웠고 그들은 공갈?협박도 서슴지 않았다. 용사는 여전히 마이동풍쯤으로 웃어넘겼다. 소인배들은 더욱 다급해져, 하루는 폭력배를 동원해 그를 흠씬 패주었다. 그러나 몰매를 맞고 난 용사는 일어나 흙먼지를 툭툭 털고는 너털웃음을 흘리고 가버렸다.

용사는 잘 알고 있었다. 소인배들이 이미 정신적 파탄을 맞고 있다는 사실을. 저들이 비열하게 날뛸수록 추악한 면모가 실체를 드러낼 것이라는 사실을!

그러던 어느 날이었다. 길을 걷던 용사가 우연히 한 여인과 마주쳤는데, 그녀는 이름을 불러도 대답하지 않고 싸늘한 시선만 보내는 것이었다. 그러자 용사의 안색이 창백해지더니 갑자기 가슴을 움켜잡으면서 쿵 하고 고목처럼 쓰러져버렸다.

그 소문을 듣고 누군가가 현자를 찾아가 물어보았다.

"대체 어찌 된 일이죠? 그 숱한 모리배들도 굴복시키지 못한 용사가 한 여인의 외면에 허무하게 무너지다니요?"

현자가 대답했다.

"그 여인은 한때 용사를 사랑한 사람이고, 또 용사가 가장 사랑한 사람이었지. 사람은 외부로부터의 공격은 모두 이겨낼 수 있어도 가장 가까운 사람이 안겨준 상처만은 견딜 수 없거든."

***

당신에게 가장 깊은 상처를 남긴 사람은 누구인가? 혹시 과거에 당신을 가장 사랑한 누구, 혹은 당신이 가장 사랑한 그 사람이 아니던가?

애인과 아내

젊은 여자가 중년의 유부남과 눈이 맞았다. 그녀는 진심으로 남자를 사랑했고, 남자 역시 그녀를 끔찍이도 아껴주었다.
그런데 만난 지 한 달쯤 되는 어느 날, 여자가 남자를 몰아세웠다. 더 이상 몰래 만나는 사이는 싫다면서, 부인과 헤어지고 자기와 결혼해달라고. 남자 역시 당당하게 나왔다.
"그래, 좋아! 나와 함께 우리 집에 가서 아내한테 모든 사실을 고백하자고."
두 사람이 도착했을 때, 남자의 부인은 한창 빨래를 하고 있었다. 남자가 망설임 없이 그녀를 인사시켰다.
"여보, 이 사람은 말이야……."
낯선 여자가 찾아온 까닭을 알게 된 부인이 조용히 그들을 맞이했다.
"이쪽으로 앉으세요."
부인은 얼굴 한 번 찌푸리지 않고 자리를 권하면서 음료수까지 내왔다. 그러고는 아주 차분한 목소리로 말했다.

"그래요. 아무런 요구 조건 없이 이혼에 동의해주겠어요. 두 사람이 마음을 맞춰 잘 산다면 그것도 좋은 일이죠. 부디 행복하게 잘 살아요. 난 괜찮습니다. 이미 마음 떠난 사람 붙잡아봐야 무슨 소용이겠어요……."

"당신, 정말이야?"

부인의 허락이 떨어지자 젊은 여자와 남편은 기뻐서 어쩔 줄 몰랐다. 그런데 그때 안방으로 들어갔던 부인이 커다란 보따리를 끌어다가 거실 바닥에 와르르 쏟아놓았다. 두 사람은 영문을 몰라 눈을 동그랗게 떴다.

"자, 아가씨, 이리 와봐요. 내가 차근차근 일러드리죠."

부인이 널브러진 물건들을 가리키며 말했다.

"이건 다 저 사람의 옷가지와 양말이랍니다. 이틀 전에 벗어놓은 건데 지금 빨려던 참이었죠. 참! 양말을 빨 때 주의할 점이 있는데, 무좀이 있어서 악취가 심해요. 그래서 꼭 따로 빨아야 하고 탈취제를 써야 해요. 또 보면 알겠지만 옷깃에 유독 때가 많아요. 빨기 전에 먼저 옷깃 때를 빼주는 세제를 뿌려둬야 해요."

부인이 이번에는 서랍장에서 한 무더기의 약을 끄집어냈다.

"저 사람은 위장병이 있어서 식사 후에 트림을 많이 해요. 연거푸 서른 번이 넘게 할 때도 있어요. 그래서 식사 전에 꼭 이 약을 먼저 먹여야 해요."

부인이 또 다른 약병을 집어 들었다.

"장도 좋지 않아서 거의 매일 새벽 2시쯤 설사를 해요. 그래서 이 노란 알약을 먹이지 않으면 날이 훤해질 때까지 변기 위에 앉아 있을지도 몰라요. 과민성 비염도 있어서 아침마다 재채기에 콧물까지 흘리는데, 이 약들을 복용하게 해야 하고 침상에 항상 콧물 닦을 손수건도 갖다놔야 해요. 또 궤양이 있어서……."

"됐어요! 그만하세요!"

부인의 설명이 끝나기도 전에, 내내 인상을 구기고 있던 젊은 여자가 갑자기 자리를 박차고 일어나 횡하니 집 밖으로 나가버렸다.

그랬다! 한없이 멋져 보이고 자상해 보이며 믿음직하던 남자에게 그렇게나 흠집이 많을지 상상이나 했겠는가! 꿈속에서도 그리던 애인의 형상이 한순간에 무너져버렸다.

얼빠진 사람처럼 한동안 멍하니 서 있던 중년 남자도 한참 후에야 겨우 제정신을 차릴 수 있었다.

그랬다! 평소에 그는 자신의 아내를 하루 온종일 집 안에서만 맴도는 '집 지키는 강아지' 정도로만 여겼다. 밖에서 위풍당당한 자신의 모습은 모두 아내가 뒷받침해준 것이란 사실을 한 번도 생각해보지 못했던 것이다……!

***

모든 미적인 면을 사랑해주는 사람은 '애인' 이고, 모든 결함까지 포용해주는 사람을 흔히 '마누라' 라고 한다.

왕자와 강가의 여인

한 왕자가 자신이 직접 마음씨 착한 여자를 찾아 배필로 맞아들이고 싶었다. 그는 신분을 감추고 가난한 사람으로 위장하여 궁궐문을 나섰다.
얼마 후 그는 강가에서 아리따운 처녀를 만났다. 그리고 그녀와 몇 마디를 주고받는 사이에 매우 친숙한 느낌이 들었다. 왕자는 그녀가 자신에게 호감을 보이고 있음을 눈치챘다. 하지만 그는 애써 일정한 거리를 두고 좀처럼 속내를 드러내지 않았다.
왕자가 몇 달 동안 처녀가 살고 있는 강가 마을에 머물면서, 수많은 얘기를 주고받으면서도 좀처럼 진심을 드러내려 하지 않자 처녀가 물었다.
"당신은 왜 무심한 척하다가도 다정하게 굴고, 애정이 있는 듯 없는 듯하는 거죠?"
왕자가 말했다.
"사실 난 땡전 한 푼 가진 것 없는 거지요. 당신처럼 아름다운 여인이 나 같은 사람한테 일생을 맡길 수 있겠소?"

"전 개의치 않겠어요."

"그렇다면 좋소. 나한테는 지금 당장 돈이 좀 필요하니 먹고 입고 쓸 돈을 좀 주시오."

그 말에 처녀는 두말없이 집으로 달려가 돈을 가져다주었다.

"정말 고맙구려."

"뭘요, 고마워해야 할 사람은 오히려 저인 걸요!"

왕자는 알 수 없다는 표정을 지었다.

"그건 왜 그렇소?"

"돈을 받아주신 건 당신이 절 믿고 의지하겠다는 뜻 아니겠어요? 그러니 그 믿음에 고마워해야죠. 그리고 제가 당신께 돈을 드린 건 당신을 기꺼이 받아들이고, 당신의 모든 것을 수용하겠다는 뜻이랍니다."

그 말에 왕자가 크게 감동하며 그간 숨겨온 진실을 털어놓았다.

"그렇다면 이제부턴 정식으로 한 왕자의 사랑을 받아주시오!"

***

베푸는 것이 곧 받는 것이요, 받아들이는 것 역시 베푸는 것이다.

진정한 사랑

옛날 어느 곳에 아름다운 처녀가 살았는데, 결혼할 나이가 되자 능력 있고 유망한 세 청년이 후보감에 올랐다. 그녀의 아버지는 세 청년이 하나같이 잘나고 능력이 출중했으므로 딸에게 선택권을 주기로 했다. 그런데 딸은 여러 달이 지나도록 좀처럼 선택하지 못했고, 그러다가 갑자기 병을 얻어 죽고 말았다.

비탄에 젖은 세 청년은 처녀의 시신을 함께 묘지로 옮기고 정성스레 장사를 지내주었다. 그중 첫 번째 청년은 그녀의 묘지 옆에다 움막을 짓고 슬픔과 그리움에 젖어 한 세월을 보냈다. 그 청년은 갑작스레 그녀를 데려간 운명이 도무지 이해되지 않았던 것이다.

두 번째 청년은 스스로 탁발승이 되어 세계 곳곳을 유랑했다. 세 번째 청년은 홀로 남은 그녀의 부친을 위로하면서 함께 슬픔의 나날을 보냈다.

한편 탁발승이 된 청년은 유랑 도중에 기괴한 마술사가 살고 있는 마을에 도착했다. 진리를 추구하는 청년은 그의 집을 찾아갔고 집

주인은 그를 저녁 식탁에 초대했다.
탁발승이 막 식사를 하려는데 갑자기 아이의 울음소리가 들려왔다. 보니 집주인의 어린 손자가 울고 있었는데, 집주인이 돌연 그 아이를 움켜잡더니 활활 타는 벽난로 속에다 던져버리는 것이었다.
"이 저주받을 악마야! 내 이미 세상의 모든 슬픔에 대해 알고 있거늘, 너 같은 죄악 덩어리가 또 어디 있단 말이냐!"
탁발승은 경악했지만 집주인은 대수롭지 않다는 투로 말했다.
"너무 개의치 마시오. 하긴, 아무리 간단한 이치라도 무지한 눈에는 꽤 난해해 보이겠지만!"
그렇게 말하면서 기이한 주문을 외우고 손으로 괴상한 상징을 그리자 불 속에서 어린아이가 도로 튀어나왔는데 상처 하나 없이 말짱했다.
'아! 죽은 사람도 살릴 수가 있겠구나……!'
탁발승은 마술사의 주문과 상징을 머릿속에 새기고 이튿날 출발하여 그녀가 잠들어 있는 묘지로 향했다. 그곳에서 주문을 외우고 상징을 그리자 처녀가 완전한 모습으로 되살아나 그의 앞에 서 있는 것이었다. 다시 살아난 처녀는 부친의 품으로 돌아갔고, 세 청년은 또다시 처녀의 신랑 자리를 놓고 논쟁을 벌였다.
첫 번째 청년이 말했다.
"난 오랫동안 묘지 옆을 지키면서 밤낮없이 그녀를 돌보았소."

두 번째 청년이 말했다.

"지혜를 찾아 세계 곳곳을 누비다가 비법을 알아내어 그녀를 다시 살아나게 한 사람이 누구인지 알아주었으면 좋겠소."

세 번째 청년이 말했다.

"난 그녀가 없는 동안에 친자식처럼 이 집에 살면서 아버님을 위로해드리고 집안 살림을 도맡아왔소."

세 청년의 말을 듣고 난 처녀가 마침내 입을 열었다.

"저를 다시 살려주신 분은 정말 훌륭한 인도주의자이십니다. 그리고 제 아버님을 돌봐주신 분은 고맙게도 진짜 아들 노릇을 해주셨고요. 하지만 비가 오나 눈이 오나 제 무덤 곁을 떠나지 않고 지켜주신 분, 그분께선 정말 절 사랑하는 분이었어요. 전 그분과 결혼하겠습니다."

***

사랑은 '함께하는 것'이라는 만고불변의 진리.

인과응보

야심한 밤, 도둑이 남의 집 창문을 기어올랐다. 그러다가 갑자기 창틀이 부서지는 바람에 땅에 곤두박질쳐 다리가 부러지고 말았다. 도둑질을 하기도 전에 몸을 다친 도둑은 억울한 심정에 이 사건을 법정으로 몰고 갔다.

"불량 창문을 만들어 끼운 목수를 고소합니다."

법정에 나온 목수는 억울해했다.

"전 책임이 없습니다. 이건 순전히 건축업자가 창문 구멍을 부실하게 공사했기 때문입니다."

건축업자가 불려왔지만 그에게도 변명거리가 있었다.

"제 실수가 맞습니다. 하지만 그건 당시 창문 구멍을 만들 때 마침 그 앞을 지나간 아리따운 여인 때문이었습니다."

그래서 그 아리따운 여인까지 불려나왔다.

"사실 다른 날 같았으면 누구도 날 쳐다보지 않았을 거예요. 그날따라 묘하게 예쁘고 화사한 드레스를 입었는데, 아마도 그 때문이었나 봐요."

여인의 말을 듣고 난 판사가 목소리에 힘을 주었다.

"이제 알겠다. 그 드레스를 유난히 화사하게 염색한 작자를 불러들여라. 그자에게 도둑의 다리를 다치게 한 책임을 묻겠다."

여인의 드레스를 염색한 사람을 수소문하여 찾아내는 데는 별로 시간이 걸리지 않았다. 그 사람은 바로 아리따운 여인의 남편, 바로 도둑이었던 것이다.

***

인과응보, 사필귀정, 자승자박, 자업자득, 종두득두……. 모두 자신의 죄업을 자신이 받는다는 뜻이다. 결국 뿌린 대로 거두리라…….

아빠의 사랑

폴의 가족은 여행지에서 돌아오다가 큰 교통사고를 당했고, 그 사고로 폴은 두 개의 보조다리 없이는 단 한 발짝도 움직일 수 없게 되었다. 그리고 폴보다는 덜했지만 폴의 아빠 역시 보조다리를 사용해야 했다.

장애인 폴은 사춘기를 보내면서 죽고 싶을 정도의 열등감에 시달렸다. 그가 식사도 하지 않고 책상에 엎드려 울고 있을 때, 위안이 되어준 사람은 바로 아빠였다. 아빠 역시 폴과 똑같은 아픔을 지니고 있었기에 아들의 고통을 낱낱이 알고 있었다. 폴은 그런 아빠의 지극한 사랑 덕분에 무사히 사춘기를 넘기고 대학에 진학할 수 있었다. 입학식장에서 아빠는 아들 폴을 자랑스러워하며 눈물을 글썽였다.

입학식을 마치고 학교 문을 나설 때였다. 눈앞에 매우 긴박한 상황이 일어났다. 자동차들이 질주하는 차도로 어린 꼬마가 뛰어들었는데, 바로 그때 도저히 믿기지 않는 일이 벌어졌다. 폴의 아빠가 보조다리도 없이 전속력으로 차도에 뛰어들어 위험에 처한 아이를 구해내는 것이었다.

폴은 자기 눈을 의심하며 아빠가 꼬마를 안고 무사히 인도로 나오는 모습을 지켜보았다.

"아빠……?"

그러나 폴의 아빠는 아무것도 듣지 못한 채 양팔에 보조다리를 끼고는 서둘러 그 자리를 떴다.

폴이 엄마에게 물어보았다.

"엄마, 엄마도 봤지? 아빠 걷는 거……!"

놀란 폴과 달리 엄마의 표정도 담담하기 그지없었다.

"폴, 놀라지 말고 엄마 말 잘 듣거라. 언젠가는 너도 알게 될 거라 생각했단다."

"?"

엄마가 말했다.

"사실 아빠는 보조다리가 필요 없는 정상인이야. 사고 당시 아빤 팔만 조금 다쳤어. 그런데도 지난 4년 동안 보조다리를 짚고 다닌 거야. 똑같은 아픔을 지녀야만 아픈 널 위로할 수 있다고 말이야."

"왜, 왜 그랬어? 왜 아빠까지……!"

폴은 울음이 터져 나왔다.

"울지 마. 아빤 널 위로할 수 있는 자신의 모습을 얼마나 자랑스러워했는데……. 오늘은 저 아이도 교통사고로 너처럼 될까봐 어쩔 수 없이…….”

앞서 걸어가는 아빠의 뒷모습을 바라보는 폴의 얼굴에는 눈물방울이 그렁그렁 매달려 있었다.

***

온갖 실패와 불행을 겪으면서도 인생의 신뢰를 잃지 않는 낙천가는 대개 훌륭한 어머니의 품에서 자라난 사람들이다. 위대한 인물은 모두 어머니의 젖으로 자랐다. 그리고 자식은 그 스스로가 부모가 되었을 때 비로소 부모의 사랑을 깨닫게 된다.

도둑과 그의 어머니

한 꼬마가 같은 반 친구의 학용품을 훔쳐 집으로 가져왔다. 그런데 꼬마의 어머니는 아들을 책망하기는커녕 오히려 그런 행위를 부채질했다.

바늘 도둑이 소도둑 된다고 했던가. 아이는 자라 어른이 되자 점점 더 값진 물건을 훔쳤고, 몇 번의 절도죄가 누적되자 형이 가중되어 결국 형장으로 끌려가는 신세가 되었다.

처형장에는 많은 구경꾼이 몰려와 있었는데, 그중에는 아들의 신세를 통탄하는 그의 어머니도 있었다. 죄수인 사내가 관리에게 마지막으로 어머니에게 한마디만 할 수 있게 해달라고 부탁했다. 그리고 어머니가 다가와 귀를 바싹 갖다 대자 아들은 그 귓불을 꽉 깨물어버렸다. 어머니가 비명을 질렀고, 뜻밖의 행위에 놀란 군중이 그를 꾸짖었다.

"저런 몹쓸 놈! 마지막까지 패륜을 저지르는 것이냐! 낳아주고 길러준 어미한테 그게 무슨 짓이야!"

그러자 아들은 굵은 눈물을 뚝뚝 흘리면서 이렇게 말하는 것이었다.

“내가 신세를 망치게 된 것은 다 저 여자 때문입니다. 어린 내가 친구의 학용품을 훔쳤을 때 호되게 채찍질해주었다면, 난 이렇게 젊은 나이에 최후를 맞을 만큼 큰 죄를 짓지는 않았을 것입니다.”

***

병든 잎은 떡잎일 때 따버려야 하듯, 사랑의 매를 주저하다간 아이를 망칠 수 있다.

고부 갈등

고부간의 갈등이 극심한 집안이 있었다. 시어머니와 며느리가 헐뜯기 일쑤였고, 서로를 헐뜯느라 하루도 맘 편할 날이 없었다. 남자는 둘 사이에 끼여 고통스런 나날을 보내야 했다.

어느 날, 더 이상 견딜 수 없게 된 남자가 고심 끝에 아내를 불러 말했다.

"우리 어머니를 죽이도록 합시다. 가정의 평화를 위해서는 어쩔 수 없는 일이오."

그러면서 아내 앞으로 하얀 가루 한 봉지를 내밀었다.

"앞으로 100일 동안 이 독약을 푼 물에 달걀을 삶아 어머니가 잡수시게 하면 되오. 한 가지 주의할 점은, 아주 정성스럽게 갖다 드려서 당신의 속마음을 감춰야 할 거요. 어머니도 눈치가 빠른 분이니 진정으로 대하는 듯해야만 속을 것이오."

남편의 말을 듣고 난 아내는 뛸 듯이 기뻐했다. 진절머리 나는 시어머니를 없앨 수 있다니, 더군다나 남편이 자기 마음을 헤아려주고 그 묘책까지 일러주다니……!

그녀는 하루도 거르지 않고 하얀 가루를 푼 물에 달걀을 삶아 시어머니에게 갖다 드렸다. 그녀는 시어머니가 혹시라도 눈치챌까 봐 온갖 정성을 기울였고 상냥하게 대했다. 그러자 처음에는 며느리가 뭘 잘못 먹었나 하며 구시렁대던 시어머니도 시간이 지나면서 며느리를 좋아하게 되었다. 가정에 처음으로 웃음꽃이 피기 시작한 것이다.

그렇게 99일째가 되는 날, 아내가 서럽게 울면서 남편에게 말했다.

"어머님은 정말 자상하고 인자한 분이에요. 내가 성질머리가 고약해서 잘 모시지도 못하고, 더군다나 독약까지 먹이면서 죽기를 바랐어요. 그런데 이제 어쩌면 좋아요? 내일이면 100일째 되는 날이라 곧 돌아가시게 되었으니……!"

남편이 웃으며 아내를 다독거려주었다.

"걱정 말아요. 사실 그건 독약이 아니라 도라지 가루였소. 우리 어머니는 무병장수할 거요."

***

세상의 무수히 많은 단어 중에 베스트셀러 책 제목으로 가장 많이 쓰이는 단어는 '사랑' 이다. 살아남기 팍팍한 세상에서 돈이나 성공, 처세 같은 것들을 중시하는 것처럼 보여도 우리가 정말로 원하고 갈구하는 것, 그래서 가장 많이 고민하게 만드는 것이 바로 사랑이다.

사람들에게 무인도에 가져갈 다섯 가지를 고르라고 한다면 어떤 것을 선택할까?

이야기, 시간, 엄마, 행복…… 그리고 사랑이 있었다.

마음의 문을 열다

기쁨은 와이셔츠가 아니다

어느 국왕이 심한 우울증을 앓게 되었다. 병세가 위중하여 목숨이 위태로워지자 이웃나라의 명의까지 불러왔다.

왕의 병세를 살피고 난 의사가 말했다.

"오직 한 가지만이 전하의 목숨을 건질 수 있습니다."

"가망이 있다고? 그게 무엇인가? 병을 낫게 해준다면 내 자네가 원하는 무엇이든 다 들어주겠네."

"전하께서 유쾌한 사람이 입고 있는 와이셔츠를 하룻밤만 입고 주무시면 금방 건강을 회복하실 것입니다."

의사의 처방은 생뚱맞기 그지없었지만, 왕은 즉시 두 명의 대신을 파견하여 유쾌한 사람을 찾으라고 명했다. 그를 찾으면 거금을 들여서라도 꼭 그의 와이셔츠를 가져오라면서.

궁궐을 나선 두 대신은 맨 먼저 그 도시에서 가장 큰 부자를 찾아갔다.

"당신은 유쾌한 사람입니까?"

대신의 질문에 부자가 울상을 지으며 말했다.

"유쾌하냐고요? 무역을 떠난 상선이 조난을 당하지나 않을까 걱정이 태산이고, 또 언제 도둑이 들이닥칠지 모르는데 어떻게 유쾌해질 수가 있겠소!"

그다음에 찾아간 곳은 재상의 집이었다.

"재상께서는 유쾌하시오?"

"무슨 소리요? 오랑캐들이 언제 국경을 노략질할지 모르고, 정적들이 호시탐탐 내 지위를 노리고 있는 판국에! 게다가 가진 자들은 세금을 줄여달라고 앙앙불락하는데 일개 재상으로서 유쾌한 일이 뭐 있겠소!"

그렇듯 온 나라를 헤집고 다녔지만 두 대신은 유쾌한 사람을 단 한 명도 만날 수 없었고, 지치고 우울해진 그들은 결국 빈손으로 돌아올 수밖에 없었다.

그런데 바로 그때 거지 한 명이 눈에 띄었다. 그는 길가에 모닥불을 지펴놓고 냄비에다 소시지를 구우면서 콧노래를 흥얼거리고 있었다. 두 대신은 잠시 서로를 마주 보다가 이구동성으로 소리쳤다.

"이자야말로 우리가 찾던 그 사람이 아닌가!"

두 사람은 즉시 반색하며 거지에게 다가갔다.

"보아하니, 당신은 매우 유쾌해 보이는군 그래!"

거지가 스스럼없이 대답했다.

"물론이지요!"

두 대신은 자신의 귀를 의심할 지경이었다.

"여보게, 우리가 자네의 와이셔츠를 큰돈을 주고 사겠네. 그러니 어서 내놓게나!"

그러자 거지는 한바탕 너털웃음을 흘리고 나서 이렇게 대꾸하는 것이었다.

"선생들 미안합니다만, 와이셔츠 입는 거지를 보셨습니까?"

***

누구나 즐거움을 찾지만 마음의 창에는 항상 커다란 자물쇠를 채우고 있다. 명예와 이익만 좇고 있는데 즐거움이 어디 있고, 누군가와의 경쟁에만 신경을 곤두세우는데 즐거움이 스며들 틈이 어디 있겠는가!

은혜를 받다

가난한 작가와 부자 친구가 함께 걸어가고 있는데 절름발이 거지가 다가와 지저분한 손을 내밀며 구걸을 했다.

"적선 좀 해주십시오."

부자가 대범한 척 품속에서 금화 한 닢을 꺼내 땅바닥에 던져주며 말했다.

"가져가게!"

가난한 작가는 호주머니를 뒤져봐도 땡전 한 푼이 없었다. 그래서 미안한 표정으로 거지에게 말했다.

"미안하네만, 난 진심으로 자네의 행운을 빌어주는 것 외에 달리 줄 것이 없네."

부자가 인상을 찡그리며 소리쳤다.

"이 더러운 거지 같으니라고! 썩 꺼지지 못해? 네 앞에 계신 분이 대작가라는 걸 모르느냐!"

그러자 거지가 작가에게 깍듯이 예의를 취하고 나서 말했다.

"천만에요! 선생님의 그 따뜻한 마음보다 더 은혜로운 것도 없을 것입니다. 정말 감사합니다."
거지가 다리를 절며 돌아섰고, 부자는 알 수 없다는 표정으로 작가에게 물었다.
"참 모를 일이야. 금화를 준 나한테는 고맙다는 말 한마디 없고, 땡전 한 푼 안 주고 빈말만 해준 자네한텐 고마움을 표하다니!"
거지의 뒷모습을 바라보며 작가가 말했다.
"맞는 말이네! 내가 자네보다 더 큰 것을 얻었지. 난 자네가 받지 못한 저 사람의 은혜를 받았으니까."

***

베푼다는 것은 은혜를 받는 것!

도둑에게 돈을 맡기다

대상을 따라 사막을 지나는 상인이 있었다. 그의 돈주머니에는 물건 구입 대금이 두둑했는데, 밤마다 사막에 강도떼가 들끓는다는 소문에 불안감을 느낀 그는 누군가에게 자기 돈을 맡기고 싶었다. 그가 둘러보니 마침 텐트가 하나 있고, 그 안에 아주 잘생긴 사내가 앉아 있었다.

"죄송합니다만, 제 돈주머니를 좀 맡아주지 않겠어요? 근처에 도둑이 많다는 소리를 들어서요."

잘생긴 사람이 말했다.

"그럼 그렇게 하세요. 내가 잘 보관해드리겠습니다."

상인이 자기 텐트로 돌아왔을 때, 다른 상인들은 벌써 강도들에게 돈을 몽땅 빼앗긴 상태였다. 그는 미리 돈을 맡긴 것을 천운이라 여기고 하느님께 감사드렸다.

'큰일 날 뻔했어! 그 사람에게 돈을 맡기길 정말 잘했군.'

아침이 되어 상인은 어제의 그 텐트를 찾아갔다. 그런데 그곳에는 험상궂은 도둑이 여럿 앉아 있고, 그 가운데에는 자신이 어제 돈을 맡긴 잘생긴 사람이 약탈한 돈을 나누고 있지 않은가! 상인은 단번에 그가 도둑들의 우두머리임을 알고 한탄했다.

'남들보다 내가 더 어리석었구나! 도둑에게 제 발로 찾아가 돈을 맡겼으니, 나처럼 한심한 인사가 또 어디 있단 말인가!'

겁을 먹은 그가 얼른 그곳에서 돌아서려고 하는데, 뒤에서 우두머리가 그를 불렀다.

"아니, 왜 그냥 가십니까?"

상인이 말했다.

"어제 맡긴 돈을 찾으러 왔습니다만, 하필 당신이 도둑이니 어찌겠습니까."

우두머리가 말했다.

"당신은 내게 돈주머니를 맡기지 않았습니까? 믿고 맡긴 걸 어떻게 빼앗습니까. 자, 당신의 돈주머니를 가져가십시오."

***

우리는 각자의 마음속에, 그리고 이 세계 속에 있는 선함이 실현될 것이라고 믿어야 한다. 믿음이야말로 선함이 실현될 수 있는 최고의 조건이기 때문이다. _톨스토이

두 술꾼

카페에서 술에 만취한 두 사내가 주거니 받거니 떠들어대고 있었다.

"우리 집은 여기서 별로 멀지 않아."

"우리 집도 그래."

"웨스트마운트 구(區)야."

"응, 우리 집도 그 동네야."

"그 구의 47번지야."

"오! 희한하게 번지까지 같군!"

"그 건물 3층이야."

"당신, 거짓말하지 마! 나도 3층이지만 거긴 방이 하나밖에 없단 말이야."

"인마, 무슨 소리야? 난 틀림없이 그 건물 3층에 살고 있는데!"

둘은 그렇게 옥신각신했고, 결국에는 한 치의 양보도 없이 서로 치고받는 몸싸움까지 벌어졌다. 웨이터들이 달려들어 겨우 뜯어

말렸지만 두 사람은 여전히 씩씩거리고 있었다.

그 광경을 지켜보고 있던 손님이 웨이터에게 물었다.

"저 사람들은 대관절 어떤 사람들인데 저러죠?"

웨이터가 한심해 죽겠다는 투로 말했다.

"저 사람들은 우리 카페 단골손님인데요. 하나는 형이고 하나는 동생이죠. 그런데 술만 취하면 서로 얼굴을 잊어버리고 저래요."

***

어느 애주가가 말했다.

"날씨야 네가 아무리 추워봐라. 내가 옷 사 입나, 술 사먹지."

어떤 부고

루이스와 범피는 막역한 친구였다.

어느 날 두 사람이 경마장에서 돌아오는데, 갑자기 범피가 뇌일혈을 일으켜 사망하고 말았다. 루이스는 이 일을 어떻게 해야 할지 몹시 당황스러웠다. 어쨌든 어서 빨리 이 뜻밖의 사태를 범피의 부인에게 알려야 한다고 생각했다.

루이스는 범피의 집으로 향하면서 이 엄청난 일을 어떻게 얘기해야 옳은지 혼자서 온갖 궁리를 다 짜냈다. 그러다가 마치 아무 일도 아닌 듯이 태연하게 범피 부인을 마주했다.

"실은 오늘 범피와 카페에 갔었습니다만……."

"그러세요?"

"예. 술을 한잔 하다가 둘이서 트럼프를 시작했는데, 운이 없을 땐 어쩔 수가 없더라고요. 잠깐 사이에 범피가 10프랑을 잃고 말았죠."

"10프랑이라고요?"

"예. 그래서 범피는 본전을 되찾을 생각으로 다시 한 번 베팅했는데, 재수 없게 또 10프랑을 잃어버렸어요."

"또 10프랑을 말인가요?"

"그렇습니다. 그러자 이 친구가 약이 올랐는지 이를 악물고 세 번째 승부를 벌였는데, 이번에도 10프랑을 잃고 말았지 뭡니까!"

"아유, 또 10프랑이라니! 모두 합쳐 30프랑을! 정말 미련퉁이 천치 같은 사람! 정말 악마한테라도 잡아먹혀버렸으면 속이 다 시원하겠네."

루이스가 말했다.

"그래요, 실은 그걸 알려드리러 왔습니다. 부인, 부군께선 악마에게 잡아먹혀버렸답니다."

***

아무리 상대를 배려하는 말이라도 때와 상황을 가려서 해야 한다.

부자 친구, 가난한 친구

바그다드에 두 친구가 살고 있었다. 한 명은 가난하지만 학식이 있었고, 다른 한 명은 부자이지만 아는 것이 없었다.
부자 친구는 평소 가난한 친구를 업신여겼다. 그는 모든 똑똑한 자들은 자신 같은 부자를 존중해야 하고, 그러지 않는 자들은 바보 얼간이라고 조롱했다. 가난한 친구 역시 물러서지 않았다. 머리에 든 것이 없는 졸부 따위에게는 절대 존경심을 표할 수 없다고 말했다.
그날도 우연히 가난한 친구를 만난 부자 친구가 자신의 궤변을 늘어놓았다.
"이보게, 자네가 언제 한번 저녁식사에 초대해본 일이 있는가? 자네 같은 부류가 아무리 박학다식한들 무슨 소용인가. 긴 막대를 휘둘러도 걸리는 거라곤 거미줄밖에 없는 집에 살면서, 옷은 사시사철 단벌이고, 친구라곤 그림자뿐이니……! 나라에서도 필요로 하는 건 자네처럼 돈 쓸 일 없는 백성이 아니라 나처럼 가진 것이 많아서 돈을 펑펑 써주는 사람이란 걸 아시게나. 우리 같은 사람이 돈을 물 쓰듯 하면서 영화를 누려야만 예술가라든가 장사꾼, 재봉사, 하인들, 그리고 자네처럼 글깨나 쓰는 부류도 먹고살지 않겠는가!"

부자 친구의 터무니없는 궤변은 가난한 친구의 마음속에 깊은 상처를 남겼다. 그는 얼마든지 반박할 수 있었지만 상대할 가치가 없다고 판단하고 아무런 대응도 하지 않았다.

그런데 얼마 후 전쟁이 터졌다. 그 전쟁은 가난한 친구를 대신하여 부자 친구의 궤변을 반박하고 풍자하는 작용을 했다. 전쟁의 포화는 부자 친구와 가난한 친구의 집을 가리지 않고 몽땅 불살라 버렸고, 두 친구 모두 살길을 찾아 그 도시를 떠나야 했다. 졸지에 빈털터리가 된 부자 친구는 거지가 되어 구걸하면서 온갖 능욕과 수모를 겪어야 했지만, 가난한 친구는 높은 학식 덕분에 가는 곳마다 존경과 따뜻한 대접을 받았다.

***

시계를 밖으로 자랑하듯 학식을 꺼내 보이지 말라. 대신 누가 시간을 물어보면 조용히 시간만 알려주어라. _『탈무드』

동그라미 두 개

도심의 어느 화랑은 유명 화가들의 작품만 취급하는 것으로 널리 알려져 명화를 즐기고 구입하려는 발길이 끊이지 않았다. 당연히 이 화랑의 그림 가격은 매우 비쌌는데, 구매자는 마치 큰 보물이라도 건진 양 득의양양했다.

하루는 화랑 주인의 먼 친척뻘 되는 사람이 찾아와 자신의 그림 한 점을 팔아달라고 부탁했다. 그런데 그 그림을 보고 난 주인은 고개를 절레절레 흔들었다.

"신기할 정도로 잘 그렸지만 이건 가짜일세. 진품과 구별하기 힘들 정도로 정교하지만 위작임에 틀림없어."

친척이 말했다.

"값을 얼마나 쳐주든 상관없네. 팔리기만 하면 된다니까."

화랑 주인은 어쩔 수 없이 그림을 받아두었지만, 화랑의 명예를 훼손하지 않기 위해 그림 가격을 달랑 3만 원으로 책정한 뒤 제일 구석진 곳에 걸어두게 했다. 그러자 누구도 그 그림을 사겠다는 사람이 없었다.

한번은 화랑 주인이 며칠간 지방 출장을 떠났는데, 그사이에 점원이 제멋대로 그 가짜 그림의 가격표에 동그라미 두 개를 더 그려 넣었다. 그러자 어느 졸부가 그 그림을 보자마자 소리쳤다.

"이 그림의 임자는 나요. 오, 멋진 작품! 그동안 네가 이 구석에서 나를 기다리고 있었구나!"

"……?"

점원이 얼떨떨해하며 그림을 내주었고, 졸부는 그 자리에서 300만 원짜리 수표를 끊어준 뒤 뛸 듯이 기뻐하며 그림을 들고 가는 것이었다.

***

시장에서 1,000원이면 살 수 있는 남방 과일을 백화점에서 팔려면 포장을 바꾸고 가격표에 동그라미를 하나 더 붙여놓으면 팔린다고.

벗어놓는 즐거움

어떤 부자가 금은보화를 가득 짊어지고 즐거움을 찾아나섰다. 그런데 그의 행로는 여간 고달프지가 않았다. 산 넘고 물을 건너 걷고 또 걸었지만 결코 즐거움을 만날 수 없었다. 지친 부자는 거의 울상이 되어 어느 산길에 앉아 있는데, 때마침 한 농부가 지게 가득 땔감을 짊어지고 흥얼거리면서 산을 내려오는 것이었다. 부자가 그를 불러세우고 물어보았다.

"난 세상의 모든 사람이 부러워하는 부자인데, 왜 당신처럼 즐거울 수가 없는지 모르겠소."

농부가 묵직한 지게를 벗어놓고 얼굴의 땀을 닦으며 말했다.

"글쎄요, 잘은 모르겠지만 즐거움이란 게 뭐 별거겠어요? 아주 간단한 것 아닐까요?"

"간단하다……?"

"이렇게 무거운 지게를 벗어놓으니 더없이 즐겁구먼요."

농부의 말에 부자는 홀연 깨닫는 바가 있었다. 그는 여태껏 무거운 금은보화를 잔뜩 짊어진 채 행여 도둑맞지나 않을까, 누구한테 사기를 당하지나 않을까 노심초사하다 보니 즐거움이 따를 겨를이 없었던 것이다.

부자는 농부에게 감사를 표하며 금화를 조금 나눠주었고, 그 후 재산을 짊어지고 다니면서 가난한 이들에게 골고루 선행을 베풀었다. 그런 행위는 사람들에게 큰 도움이 되었을 뿐만 아니라 부자 자신의 메말랐던 영혼까지 윤택하게 해주었다.

***

마음을 열고 매사를 긍정적으로 대하며 무엇이든 홀가분하게 내려놓을 줄 안다면 자연스레 즐거움이 찾아올 것이다.

무거운 짐을 잠시나마 벗어놓는 행위야말로 번뇌를 덜어주는 묘약이요 인생의 참맛과 환희로 이끄는 비결인 것이다.

물론이오

어떤 학자가 낙천주의자를 찾아갔다.

"만일 당신한테 친구가 없어도 당신은 즐거울 수 있습니까?"

낙천주의자는 조금도 망설이지 않고 대답했다.

"물론이오. 친구가 없을 뿐이지 나 자신이 없어지는 건 아니니까."

"길을 걷다 보면 물웅덩이에 빠져 흙투성이가 될 때가 있습니다. 그래도 즐거울 수 있습니까?"

"물론이오. 그건 단지 웅덩이일 뿐 밑도 끝도 없는 지옥은 아니니까."

"아무런 이유 없이 몰매를 맞아도 즐거울 수 있습니까?"

"물론이오. 매를 좀 맞는다고 죽는 건 아니니까."

"나무 아래서 낮잠을 즐기고 있는데 누가 고래고래 소리를 지릅니다. 이럴 때도 즐거울 수 있습니까?"

"물론이오. 소리를 지른 건 사람이지 다행히 들짐승은 아니니까."

"당신이 머잖아 죽는다 해도 즐거울 수 있습니까?"

"물론이오. 그러면 난 비로소 이승에서의 여행을 무사히 마치고 또 다른 여행을 출발할 수 있을 테니까."

낙천주의자의 모든 대답이 그런 식이었다. 학자가 감탄하며 말했다.

"당신은 살아가면서 고통이라는 걸 전혀 느낄 수가 없겠군요. 당신에게 삶은 마치 무한한 즐거움으로 잘 짜인 악보와도 같습니다!"

낙천주의자가 말했다.

"그렇소. 우리가 원하기만 하면 수많은 즐거움을 발견할 수 있소. 설사 피할 수 없는 고통이 있다 해도 즐거움과 행복은 우리가 노력하면 충분히 발견하고 누릴 수 있는 것이오."

***

인생의 불청객인 고통은 피할 수 없어도 삶의 즐거움은 우리가 발견하고 만들어갈 수 있는 것이다.

‘개 조심’ 경고판

한 남자가 승용차를 몰고 한적한 시골에 살고 있는 지인을 찾아가고 있었다. 그 집에 거의 도착할 즈음 길가에 서 있는 표지판이 눈에 들어왔다.

‘개 조심.’

조금 더 가자 또 다른 표지판이 나왔는데, 이번에는 더 크게 ‘개 조심’이라고 쓰여 있었다.

얼마 후 남자는 오는 길에 보았던 것보다 더 큼지막한 경고판이 붙어 있는 전원주택에 도착했다.

남자는 주차장에 차를 세우고, 혹시나 맹견이 달려들지 않을까 경계하면서 조심스럽게 다가갔다. 그런데 집 앞에는 앙증맞은 치와와 한 마리가 꼬리를 흔들어대고 있는 것이 아닌가!

그가 현관 앞에 나와 있는 집주인에게 물어보았다.

“연달아 경고판이 보여서 잔뜩 긴장했잖아요! 그런데 겨우 치와와라니! 저렇게 쪼그만 녀석이 집을 지킬 수 있겠습니까?”

그러자 집주인이 껄껄 웃으며 대답했다.

"그럴 리가요! 녀석은 우리 집 마스코트입니다. 집을 지켜주는 건 표지판만으로도 충분하니까요."

***

담뱃갑에 넣었으면 좋을 경고문.

'이 담뱃갑에 포함된 세금은 국회의원 세비로 쓰입니다.'

1,000원과 빵 반쪽

상인과 부랑자가 죽어서 염라대왕 앞에 불려갔다.

먼저 염라대왕이 상인에게 물었다.

"자넨 천당행을 원하는데, 살아서 어떤 선행을 베풀었는가?"

상인이 대답했다.

"언젠가 길을 걷다가 거지에게 500원을 적선했습니다."

염라대왕이 옆의 조수에게 물어보았다.

"기록에 있는 일인가?"

조수가 장부를 대조해보고 나서 그런 일이 있었다고 알려주었지만, 염라대왕은 그것만으로는 부족하다고 생각했다. 그때 재빨리 상인이 끼어들었다.

"저, 잠깐만요! 한 가지 더 있는데요. 지난번에 길을 잃은 어린 소녀에게도 500원을 주었습니다."

염라대왕이 고개를 갸웃하다가 다시 조수에게 물었다.

"이런 경우는 어떻게 하면 좋은가?"

조수가 귀찮은 듯 흘끔 상인을 보더니 말했다.

"제 생각엔 이 친구한테 1,000원을 돌려주고 지옥으로 보내는 게 좋을 것 같습니다."

염라대왕은 좋은 생각이라며 그 즉시 판결을 내렸다.

그다음은 부랑자 차례였다.

"자넨 살아서 무슨 일을 했는가?"

"염치없습니다만, 특별히 잘한 일은 없습니다."

부랑자가 매우 자신 없어 하는 표정으로 말했다.

"지난해 겨울, 겨우 동냥해온 빵 반쪽을 병든 거지 아이한테 준 적이 있습니다. 그런데 그 애가 그날 저녁 거리에서 얼어 죽고 말았지 뭡니까. 그때 왜 그 아이를 제가 머물고 있던 다리 밑 움막으로 데려가지 못했는지 지금까지도 후회가 막급합니다……."

"그거면 됐네!"

염라대왕이 만면에 미소를 지으며 조수에게 말했다.

"두말할 필요 없네. 이 친구는 천당행일세."

***

선함이란 자신이 할 수 있는 모든 정성을 다하는 것, 아무런 사심 없이 남을 위하고 봉사할 줄 아는 마음이다.

그런 식으로 말하지 마

두 친구가 산길을 걷다가 숲에서 반짝거리는 물체를 발견했다. 한 친구가 다가가 살펴보니 날이 잘 선 도끼였다. 그가 도끼 자루를 흔들어대면서 자랑스럽게 말했다.

"이봐, 친구. 내가 뭘 주웠나 보게. 도끼가 아주 새것이야. 이걸로 나무를 하면 딱 좋겠어!"

그런데 그 말을 들은 다른 친구는 매우 불쾌해했다.

"이럴 땐 '내가' 주웠다고 하는 게 아니라 '우리'가 주웠다고 말해야 하지 않겠어?"

그의 싸늘한 표정에 도끼를 주운 사람은 멍한 표정이 되었고, 두 친구는 한동안 말없이 걷기만 했다. 그런데 얼마 후 도끼를 잃어버린 주인이 쫓아오면서 소리쳤다.

"잠깐 한눈을 판 사이에 어떤 놈이 내 도끼를 훔쳐간 거야?"

그 말에 도끼를 주운 사람이 한숨을 내쉬면서 말했다.

"젠장, 우리 시끄러운 일을 당하게 생겼군!"

그러자 동행한 친구는 또다시 쌀쌀맞게 대꾸했다.

"이럴 땐 '우리'라고 하지 마. '내가' 시끄러운 일을 당했다고 말해야지! 아까 도끼를 주웠을 때도 '우리'라고 말하지 않았잖아?"

***

기쁨은 혼자 차지하고 고통은 함께 나누자고 하면 누가 좋아할까?

코끼리한테 물어보려마

하루는 밀림의 제왕인 사자가 산신령을 찾아갔다.

"저한테 우람한 체구와 막강한 힘을 부여해주셔서 밀림을 평화로이 통치하고 있습니다."

산신령이 미소를 지으며 말했다.

"좋구나! 그런데 그 말을 하려고 날 찾아온 건 아닐 테고?"

사자가 말했다.

"정말 제 속을 훤히 꿰뚫어보고 계시는군요! 실은 오늘 딱 한 가지 부탁이 있어서 찾아왔습니다. 제가 아무리 힘이 세다고 하지만 날마다 새벽닭이 홰를 칠 때면 깜짝깜짝 놀랍니다. 그러니 제발 저에게 닭이 홰치는 소리에 놀라지 않을 힘을 좀 주십시오!"

신이 웃으면서 말했다.

"그런 일이라면 코끼리를 찾아가보거라. 그럼 아마도 만족스런 답을 얻을 것이다."

사자는 곧 콧노래를 흥얼거리며 코끼리를 찾아갔다.

그런데 미처 코끼리를 보기도 전에 쿵쿵 발 구르는 소리가 들려왔다. 사자가 다가가보니 코끼리가 한창 성이 나서 씩씩대고 있었다.

"넌 왜 그렇게 화가 나 있는 거지?"

사자의 물음에 코끼리가 커다란 두 귀를 마구 흔들어대면서 소리쳤다.

"정말 간지러워 죽겠어! 아까부터 모기 한 마리가 자꾸 내 귓속을 파고든단 말이야!"

그 말을 들은 사자는 슬그머니 자리를 떴다.

'덩치가 저렇게 큰 코끼리도 하찮은 모기 때문에 쩔쩔매는구나! 닭이 홰치는 소리야 하루 한 번뿐이지만 모기는 무시로 코끼리를 괴롭히지 않는가. 코끼리에 비하면 나 정도의 불만이야 뭐!'

거처로 돌아간 사자는 그 후 닭이 홰를 칠 때마다 이제 기상할 때가 됐구나 하고 오히려 자신에게 이로운 일로 생각하게 되었다.

***

사람마다 집집마다 시시콜콜 언급하기 힘든 고초쯤이야 있게 마련이다. 그럴 때마다 콧노래를 흥얼거려보라. 혹시 아는가, 뜻밖의 돌파구가 마련될는지!

메아리

엄마한테 꾸중을 들은 꼬마가 분한 마음에 집을 뛰쳐나갔다. 그리고 마구 내달리다가 어느 산기슭에 이르러 계곡을 향해 소리쳤다.

"미워요, 미워요, 미워요!"

그러자 계곡에서 똑같이 "미워요, 미워요, 미워요!" 하고 메아리가 울려 퍼졌다.

하지만 메아리의 존재를 알지 못했던 꼬마는 깜짝 놀라며 의아해할 뿐이었다.

꼬마는 그곳에서 얼마쯤 머무는 동안 화가 조금 누그러졌다. 그리고 이내 엄마의 따뜻한 품이 그리워져 후회하기 시작했다.

그래서 다시 계곡을 향해 소리쳤다.

"사랑해요, 사랑해요, 사랑해요!"

그러자 이번에는 계곡에서 아주 다정한 목소리가 울려나왔다.

"사랑해요, 사랑해요, 사랑해요!"

***

삶이란 메아리와도 같은 것. 내가 무얼 주면 무얼 돌려받고, 무얼 심으면 무얼 거둘 수 있게 한다.

다른 사람을 마치 원수 대하듯 하는 부류가 있다. 항상 남에게 노기등등하고 인정사정 없거나, 상대방을 자기 목적 실현을 위한 도구쯤으로 여기는 사람들, 이런 사람들은 제아무리 잘났더라도 결국에는 남들로부터 배척당하고 만다.

황무지와 생명

미국 신대륙 개척 초기에는 끝없이 황량한 벌판을 두고 서로 먼저 차지하는 사람이 임자가 되는 때가 있었다고 한다. 이때 담당 집정관을 찾아가 일정 금액을 지불하고 토지를 신청하면 되었는데, 그 면적을 정하는 방식이 독특했다.

"당신한테 딱 하루의 시간이 주어집니다. 해가 떠서 질 때까지 걸어서 얼마만큼의 땅을 에둘러 오면 그 땅이 당신 소유가 되는 것이오. 단, 반드시 해가 지평선 너머로 떨어지기 전에 돌아와야 하오. 만일 그때까지 출발 지점으로 돌아오지 못하면 한 치의 땅도 차지할 수 없소."

신청자들 중 한 명인 윌슨은 속으로 생각했다.

'비록 황무지에 불과하지만 조금만 고생하면 넓은 내 땅을 가질 수 있겠군!'

이튿날 날이 밝자 윌슨은 다른 신청자들과 함께 성큼성큼 발걸음을 옮기기 시작했다. 점심때가 되었는데도 그는 빵 한 조각 입에 넣을 생각조차 하지 않고 부지런히 걷기만 했다. 뒤를 돌아보니 출발점은 이미 까마득해졌지만 그는 여전히 앞으로 나아갔다. 걷는 만큼 넓은 땅을 차지할 수 있으리라는 희망에 힘든 줄도 몰랐다.
어느덧 해가 서쪽 지평선과 가까워지고 있었다. 윌슨은 문득 조바심이 나기 시작했다. 어서 출발점으로 돌아가야 했다. 윌슨은 발걸음을 돌려 돌아가기 시작했다. 이제 해는 거의 지평선에 닿았고, 젖 먹던 힘까지 써가며 출발점으로 돌아가던 윌슨은 결국 출발점을 두어 걸음 남겨두고 기진맥진하여 쓰러지고 말았다.
다행히도 쓰러지면서 두 손이 가까스로 출발선에 닿았다. 이제 그가 밟은 땅은 그의 소유가 된 것이다. 그러나 무슨 소용이랴. 기력을 소진해버린 윌슨은 이미 죽은 목숨이 되고 말았거늘!

***

우리는 반드시 최선을 다하고 매사에 고군분투해야 한다. 그러나 우리가 자신과 가정을 위해, 보다 나은 삶을 위해 끊임없이 '앞으로 내달리면서' 끝없이 '돈을 벌다가' 도 반드시 '돌아설' 때를 잘 파악해야 한다. 당신의 가족과 친구들은 당신이 장렬하게 '전사' 하기를 원하는 것이 아니라 무사히 복귀하기를 고대하고 있으므로!

가장 기쁜 소식

LPGA(미국여자프로골프) 대회 우승 경력이 있는 유명 골퍼가 모 지역 초청경기에서 우승하여 상금으로 수표를 받았다. 기자들과의 인터뷰를 마치고 주차장으로 향하는데, 젊은 여자가 다가와 그녀의 우승을 치하하면서 자신의 신세타령을 늘어놓았다. 들어보니 아이가 중병에 걸렸는데 돈이 없어 수술을 못하는 바람에 생명이 위태롭다는 것이었다.

그녀의 사정을 딱하게 여긴 골퍼가 상금으로 받은 수표를 꺼내 사인하고 나서 그녀에게 쥐어주며 말했다.

"이번 경기에서 받은 상금이에요. 이 돈이 아이한테 행운을 가져다주었으면 좋겠어요."

1주일 후 그녀가 그 지역 모임에서 점심식사를 할 때였다. 지역 골프연합회 회장이 그녀의 자리로 다가와 물었다.

"혹시 지난주에 어떤 여자가 아이가 중병에 걸렸다면서 말을 걸어오지 않았어요?"

골퍼가 그렇다고 고개를 끄덕였다.

"오, 그것참! 어쩔 수 없이 나쁜 소식을 전해야겠군요."

골퍼가 의아해하자 그가 말해주었다.

"그 여자는 사기꾼입니다. 아이도 없거니와 결혼도 한 적이 없는 여자랍니다. 사기를 당한 거예요!"

골퍼가 물었다.

"그럼 중병을 앓는 아이도 없단 말예요?"

"그렇습니다. 전혀 뜬금없는 얘기죠."

그 말에 골퍼가 조금은 안도하는 표정을 짓다가 큰 소리로 말했다.

"그 말은 지난 1주일 동안 들은 얘기 중에 가장 기쁜 소식이네요!"

선하고 고상한 인격을 갖춘 그 골퍼는 사기를 당한 금전상의 손실 때문에 화를 내는 대신, 아픈 아이가 없다는 말에 더 기뻐했던 것이다.

***

기업가든 피고용인이든 남을 위해 봉사할 줄 아는 마음가짐이 중요하다. 그것이 사회를 부유하게 만드는 밑천인 것이다.

어느 철학자는 "영원히 보답해줄 수 없는 사람들을 위해 일하라. 그러면 하루하루가 더욱 아름답고 충실해질 것이다"라고 말했다. 남을 위한 배려와 선행은 확실한 행복 바이러스를 전파한다.

볶은 씨앗

백성을 지극히 아끼고 사랑하는 왕에게 안타깝게도 대를 이을 아이가 없었다. 왕은 어쩔 수 없이 양자를 입양하여 왕위를 계승하기로 했다. 그런데 양자를 선택하는 방법이 매우 독특했다. 아이들에게 꽃씨를 나눠주고 그 씨앗으로 누가 가장 예쁜 꽃을 피워내는가 하는 것이었다.

왕으로부터 꽃씨를 하사받은 아이들은 온갖 정성을 기울였다. 아침저녁으로 물을 주고 보살피면서 어떻게든 자신이 그 행운아가 되기를 갈망했다. 그중 한 아이도 화분에 그 씨앗을 심고 열심히 보살폈지만 보름이 지나가도록 꽃은커녕 새싹도 돋아나지 않았다.

마침내 왕이 정한 그날이 되었고, 아이들이 저마다 가꾼 예쁜 꽃 화분을 들고 서 있었다. 왕이 아이들의 화분을 유심히 살펴보았다. 들고 있는 화분들 모두가 예쁘고 아름다웠다. 그런 화분들을 둘러보는 왕의 표정은 뜻밖에도 밝지 않았다.

문득 왕의 발길이 빈 화분을 들고 서 있는 마지막 아이 앞에서 멈추었다. 잔뜩 풀이 죽은 채 고개를 떨어뜨리고 있는 그 남자아이에게 왕이 물어보았다.

"얘야, 똑같이 꽃씨를 나눠주었거늘 넌 어째서 빈 화분을 들고 있는 게냐?"

아이가 울먹이면서 대답했다.

"저도 폐하께서 주신 꽃씨를 심고 열심히 물을 주었어요. 하지만 아무리 정성을 기울여도 싹이 나지 않았어요."

아이의 말을 듣고 난 왕의 얼굴에 비로소 웃음꽃이 활짝 피어올랐다. 그가 아이를 덥석 안아 올리면서 소리 높여 말했다.

"내가 찾고 있는 아이는 바로 너란다!"

아이들은 물론 그곳에 있던 신하와 시종들 모두 깜짝 놀랐고, 왕이 말해주었다.

"내가 나눠준 꽃씨는 모두 볶은 씨앗이었다. 볶은 꽃씨가 무슨 수로 싹을 틔우고 꽃을 피우겠는가!"

그 말에 꽃이 핀 화분을 들고 서 있던 아이들 모두 고개를 떨어뜨리고 말았다. 다들 왕이 준 꽃씨 대신 다른 씨앗을 심어 가꾸었던 것이다.

***

가짜는 일시적으로 눈을 속일 수 있을지는 몰라도 진짜를 능가하진 못한다.

자전거 경매

작은 도시에서 조촐한 자전거 경매 행사가 있었다. 버려졌거나 몰수된 자전거를 한참이 지나도 찾아가지 않자 경찰서에서 그것들을 수리하여 경매에 부친 것이다.

첫 번째 자전거 경매가 시작되자마자 맨 앞에 있던 열 살짜리 남자아이가 "5,000원!" 하고 값을 부르면서 흥정이 시작되었다. 경매를 담당한 경찰이 다시 아이를 보았지만, 아이는 더 이상 값을 부르지 않았다.

그렇게 연이어 몇 대가 경매되었지만 아이는 번번이 맨 처음에만 "5,000원!"이라고 부른 뒤 고개를 떨어뜨렸다. 사실 5,000원은 경매 액수치고는 너무 적었다. 아무리 허술한 자전거라도 5만~10만 원에 낙찰되었기 때문이다. 경매가 진행되면서 차츰 사람들의 눈길이 그 아이를 주목하게 되었다.

잠시 휴식 시간이 주어졌고, 경매를 담당한 경찰과 주위 사람들이 그 아이에게 물어보았다.

"왜 처음에만 5,000원이라고 말하고, 값을 더 부르지 않는 거니?"
아이가 대답했다.
"가진 돈이 5,000원밖에 없어서요……."
경매가 거의 다 진행되었고, 이제는 제일 예쁜 자전거 한 대만 남아 있었다.
"자, 마지막 자전거입니다. 호가 없습니까?"
이번에도 맨 앞에서 아이가 거의 잦아드는 목소리로 말했다.
"5,000원이오."
그러자 경매를 담당한 경찰이 손짓으로 더 이상의 호가를 제지시켰고, 사람들도 약속이나 한 듯 모두 잠자코 있었다. 그래서 아이는 경매가 진행되는 내내 손에 꼭 움켜쥐고 있던 그 꼬깃꼬깃한 5,000원짜리 지폐를 내고 제일 예쁜 자전거를 차지하게 되었다. 아이의 눈에서는 기쁨의 눈물이 반짝였고, 사람들 모두 아낌없는 축하의 박수를 보내주었다.

***

정직하고 솔직한 마음이 있다면 누구에게나 신뢰받을 것이다. 진솔한 마음은 엉킨 매듭을 풀고 모순을 화해시키며 인간관계를 조화롭게 만든다.

두 가지 슬픔

두 사람이 나란히 앉아 있는데, 한 사람은 큰 키에 비쩍 말랐고 다른 한 명은 뚱뚱했다. 그런데 마른 사람은 땅이 꺼져라 한숨을 내쉬었고, 뚱뚱한 사람은 눈물을 흘렸다.

뚱보가 눈물을 훔치면서 마른 사람에게 물어보았다.

"형씨는 무슨 일로 그렇게 한숨을 내쉬고 있소?"

"말도 마시오. 난 지금 정신적으로 매우 궁핍한 상태라오."

그가 또다시 긴 한숨을 내쉬고 나서 말문을 열었다.

"현실에 만족하기 힘들었던 난 정신적 성취를 위해 소위 그런 부류의 사람들을 찾아다녔소. 처음엔 학자를 만났는데, 내가 '선생의 풍부한 학식을 저한테도 좀 나눠주시지요' 하고 부탁하자 그는 단번에 거절해버리더군. 그다음엔 한 신사를 만났는데, '당신의 그 고상한 품격을 저한테도 좀 나눠주시죠' 했더니 그 역시 들은 체도 하지 않고 가버렸소. 세 번째론 어떤 소녀를 만났는데, '어여쁜 아가씨, 그대의 사랑을 나한테도 좀 나눠주시오' 했다가 뺨만

한 대 얻어맞았지. 그다음엔 장군을 만나 '당신의 용기를 저한테도 좀 나눠주십시오' 했더니 그 역시나 가버리더군. 그렇게 번번이 외면만 당했으니 어찌 괴롭지 않겠소?"

이야기를 다 듣고 난 뚱보가 말했다.

"그만한 일로 상심할 게 뭐 있소! 따지고 보면 그건 형씨의 잘못이라기보다 그들이 인색하고 이기적이기 때문 아니오? 거기에 비하면 난 정말 비참하기 짝이 없다오."

"아니, 어떻게 더 비참할 수 있단 말입니까?"

뚱보가 말문을 열었다.

"난 지금껏 나 자신이 정신적으로 충만하다고 자처해왔소. 그간 읽은 책만 해도 수레를 가득 채우고도 남고, 또 내가 쓴 책들을 쌓으면 내 키보다 높을 거요. 집 안에 더 이상 책을 쌓아둘 곳이 없게 되자 난 내 지식과 지혜를 내다 팔려고 했소. 그래서 그토록 애지중지한 책들을 싸안고 사람들이 붐비는 시장으로 갔지. '여기 이 책들은 인류 지식의 결정체이고 고양된 사상의 정수라오. 그러니 이 책들을 한 권씩 사서 보시오!' 하고 목이 터져라 외치면서 내 정신적 자식들이 팔리기를 바랐건만…… 휴! 그러나 너무도 절망적이었소!"

"뭐가 그리 절망적이었단 말이오?"

뚱보가 눈물을 글썽이며 겨우 말을 이었다.

"사람들이 내 책을 사기는커녕 '흥! 정신적 가치라고? 개떡 같은 소리! 케케묵은 소리만 늘어놓는 순 엉터리잖아!' 하고 손가락질을 해대는데……."

이야기를 다 듣고 난 마른 사람이 말했다.

"그렇군. 내 구걸의 결과는 빈털터리였지만, 형씨가 팔고자 한 결과는 경멸이었어! 그래서 더 괴롭다는 말이로군."

"그렇소. 나 자신이 얼마나 보잘것없는 존재인지 스스로 입증해 버린 셈이었소……."

***

누군가에게 도움을 청하고도 아무것도 받지 못한다면 당연히 마음이 괴로울 것이다. 그러나 베풀기를 원하는데도 받으려는 사람이 아무도 없을 땐 더욱 절망적이다.

듣기 좋은 말의 효험

옛날 미얀마 만달레이에 한 부자가 있었는데, 성격이 매우 괴팍했다.

한번은 그가 병을 앓았는데 도무지 병원을 찾아가지 않는 것이었다. 보다 못한 친구가 어쩔 수 없이 의사를 집으로 불러들였다. 그러나 부자는 막무가내였다.

"흥, 그 의사 약은 안 먹어. 그 사람 목소리가 너무 높단 말이야."

할 수 없이 또 다른 의사를 불러왔다. 그 의사는 목소리도 부드럽고 친절했지만 부자는 또 어깃장을 놓았다.

"그 의사의 몰골이 너무 초라하잖아!"

세 번째 의사는 옷차림도 세련되고 말투도 상냥했다.

"기왕 왔으니 왕진비는 받아가슈. 하지만 당신의 충고는 듣지 않겠소. 당신은 병을 너무 대충대충 보는 것 같소이다."

모든 의사를 뿌리친 부자는 결국 신열이 오르고 병세가 악화되어 일어나기도 힘들 지경이 되었다. 옆에서 지켜보던 친구들도 어찌

할 바를 몰랐다.
그러던 어느 날 양곤에 사는 젊은 의사가 만달레이로 휴가를 왔는데, 그 소식을 들은 부자의 친구들이 그를 찾아가 매달렸다.
"우리 친구 좀 살려주시오. 병세가 위독한데도 성질머리가 못돼 먹어서 도무지 의사 말을 들으려고도 하지 않습니다. 큰 도시에서 온 당신의 말이라면 들을지도 모르겠습니다."
젊은 의사가 말끔히 옷을 차려입고 부자를 찾아갔다.
"친애하는 어르신, 오늘은 좀 어떠십니까? 보아하니 금방 완쾌될 것 같군요."
그가 하인을 불러 얼음주머니를 가져오라 하고 환자의 이마에 얹어주었다. 그러자 부자는 금방 회복된 것처럼 보였다.
"제가 약을 좀 지어드릴까요?"
부자는 말없이 고개를 끄덕였다.
의사는 탕약에 꿀을 조금 섞었고, 부자는 천천히 그 약을 마셨다.
"아주 달콤하군."
탕약을 깨끗이 비운 부자는 길게 한숨을 내쉰 뒤 편안하게 잠을 청했다. 그렇게 푹 자고 나니 열도 내리고 몸이 한결 가벼워졌다.
얼마 후 다른 의사들이 그 젊은 의사에게 부자의 몹쓸 병을 어떻게 치료했느냐고 묻자 젊은 의사는 이렇게 말했다.
"가끔 듣기 좋은 말이 몸에 좋은 약보다 효과적일 때가 있답니다."

***

달콤한 목소리와 부드러운 음색, 분명한 억양, 참신한 단어, 생동감 있는 비유 등은 모두 좋은 말을 구성하는 부분이며 상대방으로 하여금 따뜻한 정감을 느끼게 한다. 상대방은 진심 어린 격려, 열정적인 응원, 선의의 비평, 마음을 열게 하는 대화술 등에서 풍부한 연상과 감성을 일깨우며 당신에게 호감을 갖게 될 것이다.

등짐 좀 나누자고

옛날에 어떤 사람이 말과 나귀를 한 마리씩 길렀다. 말은 타기 위해서, 나귀는 짐을 운반하기 위해서였다.

나귀는 매일같이 무거운 짐을 지고 먼 길을 다녀야 했지만, 말은 주인을 태우지 않는 날이면 여유롭게 목장을 거닐면서 풀을 뜯곤 했다. 그래서 말과 나귀가 마구간에 함께 있을 때면 나귀가 힘들다며 하소연했고, 말은 그런 나귀를 조롱하며 핀잔을 주었다.

"무슨 불평이야. 나귀로 태어났으면 당연히 무겁고 힘든 일을 할 운명이라는 걸 알아야지."

"하지만 주인은 너한텐 아무 일도 안 시키고 나한테만 쉬는 날도 없이 일을 시키잖아!"

"난 말이잖아. 출신이 고귀해서 당연히 사랑을 독차지하는 거지."

나귀는 그렇게 날마다 힘든 일을 하느라 피골이 상접했지만, 말은 무사태평하게 지내다 보니 살이 찌고 윤기가 자르르했다.

어느 날 말에 올라탄 주인이 등짐을 가득 실은 나귀를 끌고 시내로 가게 되었다. 무더운 날씨에 등짐도 무거워서 나귀는 연신 가쁜 숨을 몰아쉬었다. 나귀가 말에게 부탁했다.

"날 좀 도와주지 않을래? 내 등짐을 조금만 나누자고. 응?"

그러나 말은 냉랭하기 짝이 없었다.

"말도 안 되는 소리! 내가 왜 네 등짐을 져 나른단 말이냐!"

"더는 지탱하기가 힘드니까 좀 봐달라고!"

"꿈도 꾸지 마! 난 주인을 태우는 게 직책이고, 짐을 져 나르는 건 순전히 네가 감당해야 할 일이야."

얼마 후 가파른 언덕길을 오를 때 나귀는 더 이상 지탱하지 못하고 픽 쓰러지고 말았다. 그러자 말에서 뛰어내린 주인은 나귀 등의 짐을 모두 말의 등에 옮겨 실었다. 그때서야 말은 자신이 나귀한테 너무 몰인정했다는 생각이 들었지만 이미 후회해도 소용없는 일이었다.

***

남에게 도움의 손길을 내미는 것은 자기 자신을 돕는 일일 수도 있다.

닝고, 닝고

프랑스의 여자 배낭객이 티베트 북부의 고산지대를 여행하고 있었다. 그곳은 교통도 불편하고 기후 조건도 극히 나빠서 주민들의 생활이 매우 열악했다.

여행자는 티베트 장족 마을의 전통 가옥에서 하룻밤을 묵게 되었는데, 그 집 여주인은 남편도 없이 슬하에 어린아이 셋을 키우고 있었다. 당연히 생활이 무척 궁핍했는데, 그래도 손님을 반겨 맞으면서 자신들이 즐겨 마시는 차부터 내왔다.

누추한 집 안을 살펴보면서 여행자는 사뭇 어떤 우월감에 사로잡혔다. 그녀는 자신이 이런 곳에서 태어나지 않은 것을 다행으로 여겼다.

그녀가 측은한 눈길로 여주인을 바라보며 말했다.

"사는 게 이렇게 누추하다니, 정말 큰 불행이로군요."

하지만 영어를 몰라 겨우 그녀의 말을 알아들은 여주인은 고개를 가로저었다.

"천만에요. 우린 아주 행복하게 살아요."

여주인이 그녀의 손을 어루만져주며 오히려 동정 어린 시선으로 말했다.

"닝고(티베트어로 '가련한 것아' 라는 뜻), 닝고!"

그 말뜻은 '여자 몸으로 집도 없이 떠돌아다니다니, 참 가련하구나' 라는 것이었다.

여행자는 그때 비로소 한 가지를 깨달을 수 있었다. 이 세상에 절대적으로 가련한 사람은 결코 존재하지 않는다는 사실을……!

***

햇볕 아래서 나무는 광합성을 하고 고양이는 해바라기를 즐긴다. 저마다 필요에 따라 수요가 달리 있는 것이다.

부족해

인류가 세상에 발을 내딛기 전에 지상에는 한 괴물이 살고 있었다. 괴물은 온몸이 검은 털로 덮여 있고, 두 눈은 형형한 광채를 내뿜었으며, 두 귀는 어깨까지 늘어졌고, 행동은 번개처럼 민첩했다.

이 괴물은 욕심이 끝이 없었다. 뭐든 닥치는 대로 먹어치우면서도 항상 "부족해, 부족하단 말이야!" 하고 울부짖었다. 그래서 '부족해'라는 이름을 얻었다.

'부족해'는 수천 리 밖의 사냥감도 감지할 수 있었고, 바닷속과 깊은 산속에 있는 사냥감도 괴물에게서 벗어날 수 없었다. 괴물은 모든 생물을 잡아먹었고, 급기야 생명이 없는 물체와 하늘의 구름과 번개까지 먹어치웠다. 그러자 이를 보다 못한 조물주가 사자들을 파견하여 '부족해'를 처단하려고 했다.

하지만 사자들도 별다른 힘을 쓰지 못했다. 칼로 찌르면 칼을 먹어치우고, 불태우려 하면 불을 삼켜버리고, 물에 빠뜨리면 그 물까지 다 마셔버리는 통에 도무지 어찌할 수가 없었다. 이에 조물주는 그 괴물을 인간으로 만들어 혼내주라고 했다.

두 사자가 '부족해'를 인간으로 만들기에 앞서 조물주에게 물었다.

"인간은 어떻게 생겼습니까?"

조물주가 자신의 구상을 말해주었다.

"벌거벗었지."

"수명은 얼마나 되죠?"

"길 수도 있고 짧을 수도 있다."

"눈은 있습니까?"

"있다. 하지만 보통 눈뜬 소경이지."

"귀는요?"

"있지. 하지만 마음의 소리는 듣지 못한다."

"입과 혀는 있습니까?"

"있다. 하지만 종종 언행이 일치하지 못하지."

"마음은요? 인간도 마음이 있습니까?"

"물론."

"어떻게 생겼습니까?"

"후……!"

조물주가 길게 한숨을 내쉬고 나서 말했다.

"글쎄, 그 마음이란 놈을 만들기가 제일 힘들더군. 그건 그냥 '부족해' 의 것을 쓸 수밖에."

그렇게 해서 두 사자는 조물주의 지시대로 '부족해'를 인간으로 창조했다. 사람의 마음만은 그냥 '부족해' 의 것을 써버린 것이다.

***

인간은 처음부터 빈손이었다. 그래서 어떻게든 세상의 일부나마 차지해보려고 발버둥을 치다가 그 스스로가 욕망의 덩어리로 변해버리는 건 아닐까?

선녀를 만나다

옛날에 실성한 듯 보이는 한 사내가 주막에 들어와 큰소리를 쳤다.

"주모, 여기 술 좀 가져와! 내 오늘은 좀 취해야겠어. 하하하!"

이에 심부름꾼은 머리가 좀 어떻게 된 사람이 아닌가 하고 시험 삼아 냉수 한 사발을 갖다 주었다. 그러자 그는 술처럼 벌컥벌컥 들이켜더니 "음, 맛이 아주 좋군! 좋아!" 하면서 두 잔을 더 내오라고 했다.

심부름꾼이 다시 냉수 두 잔을 갖다 주자 사내는 그것도 단숨에 비워버렸다.

"음, 이 집 술맛이 일품이야. 아주 끝내줘!"

사내는 혀까지 꼬부라진 소리를 하자 심부름꾼이 간신히 웃음을 참고 그에게 물어보았다.

"무슨 좋은 일이라도 있나 보죠?"

사내가 몽롱한 눈으로 심부름꾼을 쳐다보며 득의만면해서 말했다.

"내 자네한테만 말해주지. 방금 전 산에서 나무를 하다가 선녀를 만났는데, 그 모습이 어찌나 아름답던지 웃는 모습이 복사꽃보다 도 요염하고 하늘하늘 걷는 자태가 수양버들 저리 가라더군. 더욱 신나는 건 그 선녀가 내일 그 자리에서 다시 만나자고 하는 게 아닌가!"

사내는 연신 콧노래를 흥얼거리며 술값을 치른 뒤 주막을 나섰다. 그런데 사내가 나가자 부엌에서 찬모가 나오더니 배를 끌어안고 웃어댔다.

"저 사람이 말하는 선녀가 바로 나야, 나!"

"무슨 소리야?"

그녀가 간신히 웃음을 참으며 말했다.

"산에 올라가 버섯을 따고 있는데 저 사람이 도끼를 든 채 멍하니 날 지켜보고 있지 뭐야? 내가 겁을 먹고 달아나려니까 막 쫓아오더라고! 그래서 내가 손가락을 세우고 다가오지 말라고 경고했지. 그런데 거리가 좀 멀어서 그걸 보고 다시 만나자는 걸로 알았나 봐!"

찬모의 말에 주막에 있는 사람들이 다 같이 폭소를 터뜨렸다. 일행은 그녀의 조금 독특한 외모, 즉 툭 불거져 나온 토끼이빨을 보고 사내가 말한 '웃는 모습'을 연상했던 것이다. 더욱 가관인 것은 그녀가 절름발이여서 걸을 때마다 다리를 절뚝거렸는데, 그것이 바로 '하늘하늘 걷는 자태'였다!

그로부터 며칠 후 그 사내가 다시 주막에 나타나자 심부름꾼이 물어보았다.

"그래, 선녀는 만났어요?"

사내가 심드렁한 표정으로 말했다.

"휴! 말도 말게. 선녀가 약속을 어기리라곤 누가 상상이나 했겠는가!"

***

취했거든 술 탓 말고, 색에 빠졌거든 색을 탓하지 말라.

꿀이 있는 나무

한 농부의 집 마당에 나뭇잎이 무성한 자두나무가 있었는데, 심은 지 7년이 지나도 자두가 열리지 않았다. 대신에 그 나무의 가지에는 참새와 매미들이 살고 있었다.
농부는 화가 났다. 자두가 열리지 않아 소득이 없을 뿐더러 무시로 참새들이 짹짹거렸고 여름만 되면 매미들이 시끄럽게 울어댔기 때문이다. 그래서 나무를 베어버리기로 작정한 농부가 도끼를 들고 나무 앞으로 다가갔다. 그러자 참새들이 애원했다.
"나무를 베어버리지 마세요! 나무가 없으면 우리 둥지는 어쩌란 말이에요."
매미도 사정했다.
"우린 누구도 해치지 않아요. 단지 이곳에 살면서 풍요로운 여름날을 노래할 뿐이잖아요."
그러나 농부는 그런 애원 따위에 전혀 흔들리지 않고 도끼질을 시작했다.

농부가 나무를 힘껏 몇 번 찍었을 때였다. 나무둥치의 두툼한 껍질이 떨어지면서 그 안에 있던 벌집이 드러났고, 꿀이 흘러나오면서 향긋한 꿀 냄새가 번졌다.
농부의 얼굴에 흐뭇한 미소가 번졌고, 그가 도끼를 내던지고 상처 입은 나무를 어루만지며 말했다.
"꿀이 있는데 왜 널 없애버린단 말인가!"

***

서로의 입장이 다름으로써 문제를 바라보는 시각도 달라진다.
아주 합리적이라고 여겨지는 것도 남을 설득하기 힘든 경우가 있는데, 이때 뜻하지 않은 약간의 이익으로 반전될 수도 있다. 인간성의 가장 취약한 면이면서도 한편으로 가장 이해하기 쉬운 인지상정인 것이다.

하늘을 욕하다

며칠째 궂은비가 이어지더니 그날따라 빗줄기가 더욱 굵어졌다. 그러자 어느 집 마당에서 한 사내가 하늘을 향해 삿대질을 해댔다.

"이 미친 하늘아! 벌써 며칠째 비를 뿌려서 집 천장이 새고 쌀에도 곰팡이가 피었다. 마른 땔감도 떨어지고 이젠 갈아입을 옷도 없는데 대체 어쩌란 말이냐! 이 징글징글한 날씨 같으니라고!"

때마침 그 집 앞을 지나던 친구가 말했다.

"계속해서 그렇게 욕설을 퍼부어보게나. 그러면 하늘도 지쳐서 더는 못 견디고 해를 내놓겠지."

사내가 씨근덕거리며 말을 받았다.

"흥! 그런다고 저놈이 꿈쩍이나 할 것 같소? 아마 내가 욕하는 소리도 못 듣겠지. 내가 이러는 게 아무 소용없는 짓이란 건 잘 아오."

"그렇담 소용없는 줄 알면서 왜 그런 바보짓을 하는 건가?"

"그야 뭐, 하도 열이 올라서……."

친구가 돌아서면서 말했다.

"더 이상 헛기운 빼지 말고 몸을 좀 움직여보게나. 지붕도 손보고 옆집 땔감이라도 얻어다가 옷도 말리고 쌀도 말려서 밥을 해 먹게나. 그러다 보면 비도 곧 그치지 않겠나!"

***

고단한 현실에서 남을 지배할 능력이 없다 해도 자신을 지배할 능력은 있는 것이다. 비를 맞으며 하늘을 욕하느라 힘 빼지 말고 어서 우산이나 챙겨라.

바이올린 경매

경매장에서 명화와 보석, 값진 소장품이 차례대로 경매에 부쳐졌다. 그중 유독 낡아빠진 바이올린이 눈에 띄었는데, 칠이 다 벗겨지고 긁힌 흔적도 많아서 매우 볼품없었다. 진행자는 그 낡은 물건에 시간을 낭비하고 싶지 않았지만 마지못해 웃는 얼굴로 경매를 시작했다.

"자, 이 바이올린을 가져가실 분께서는 값을 불러주십시오. 1달러부터 시작하겠습니다!"

"1달러!"

"2달러! 그 정도면 충분할 거요!"

"자, 2달러입니다. 3달러 안 계십니까? 아, 저쪽 신사분이 3달러를 호가했습니다. 또 다른 분 안 계십니까?"

바로 그때였다.

"잠깐만요."

머리가 희끗희끗한 노신사가 앞으로 나오더니 진행자에게 양해를 구했다. 그러고는 낡은 바이올린에 뽀얗게 내려앉은 먼지를 털어내고 느슨해진 선을 조율하고 나서 아주 감미로운 곡을 연주했다.

이윽고 노신사의 연주가 끝났고, 진행자가 차분하게 가라앉은 목소리로 말했다.

"지금부터 이 바이올린의 기본 가격을 다시 정하도록 하겠습니다."

그가 바이올린과 현을 높이 쳐들고 소리쳤다.

"1,000달러입니다. 2,000달러 내실 분……? 예! 2,000달러 나왔습니다. 자, 3,000달러 안 계십니까?"

사람들 모두 열광했고, 그 바이올린은 결국 4,000달러에 낙찰되었다.

하지만 일부 사람들은 그 낡아빠진 바이올린이 4,000달러나 하느냐고 의아해했다. 이에 어떤 사람이 그 궁금증을 풀어주었다.

"아무래도 대가의 손을 거쳤으니까. 그 연주자가 아주 유명한 작곡가였다고 하더군!"

***

어떤 사람은 비뚤어진 인생길을 살아가느라 상처를 입고 더러는 죄악의 흉터까지 지니게 된다. 그러면 남들은 별생각 없이 그를 손가락질하고 미천한 존재로 여길 것이다. 마치 낡아빠진 바이올린처럼. 하지만 그 표면에 묻은 먼지를 털어내고 본래의 모습을 잘 살펴보면 순수하고 아름다운 영혼을 들여다볼 수 있는 것이다.

지옥의 세 사람

기생과 도둑, 의사가 죽어서 저승에 도착했다.

염라대왕이 먼저 기생에게 물었다.

"너는 이승에서 무슨 일을 했느냐?"

기생이 대답했다.

"예, 저는 인간 세상에서 집 밖을 배회하는 남자들을 거두었으며 그들에게 남녀 간의 살가운 맛을 가르쳐주었습니다."

"음, 매우 좋은 일을 했구나."

염라대왕은 그 기생을 부귀한 집안에서 다시 태어나게 해주었다.

"너는 이승에서 무슨 일을 했는가?"

두 번째는 도둑이었다.

"저는 주로 다른 사람을 도와 물건을 들어주는 일을 했습니다. 호주머니가 너무 묵직해서 힘들어하면 덜어주고, 누가 물건을 잘 건사하지 못하면 제가 대신 건사해주었습죠. 또 어느 집에 귀중품이 너무 많으면 행여 그 집에 화재라도 날까봐 제 집으로 옮겨 보관

해두곤 했습니다."

"거참, 좋은 일을 많이 했구나. 가서 한 100년 더 살고 다시 오너라!"

그러자 옆에서 가만히 지켜보고 있던 의사가 참지 못하고 말했다.

"대왕께서는 저들한테 감쪽같이 속고 있습니다. 저들은 인간 세상에서 악행만 일삼던 자들입니다."

"어허! 어딜 함부로 나서느냐!"

염라대왕이 한바탕 꾸짖고 나서 물어보았다.

"그래, 네놈은 무슨 일을 하던 놈이냐?"

의사가 대답했다.

"저는 한 손에 약을 들고, 다른 한 손에는 칼을 들고 사람들이 아프거나 병들어 죽어갈 때……."

그의 말이 채 끝나기도 전에 염라대왕이 소리쳤다.

"오라, 네놈은 망나니였구나! 저놈을 당장 무간지옥에 처넣고 다시는 기어 나오지 못하게 하라!"

***

악인들은 온갖 감언이설로 혜택을 누리고, 사실을 말한 자는 좋은 결과를 얻지 못했다. 이런 현상이 어디 지옥에만 있겠는가!

악행을 일삼는 자들은 자신을 군자보다 더 군자처럼 포장할 줄 아는 자들이다. 그래서 겉으로 선량해 보이는 사람을 더 경계해야 하는 것이다.

네 번째 행인

어떤 남자가 뜻하지 않게 강도를 만나는 바람에 가지고 있던 돈과 입고 있던 옷가지를 몽땅 빼앗기고 길가에 버려졌다. 때마침 한 행인이 걸어왔고, 강도를 당한 남자가 그에게 도움을 청했다. 그러자 행인은 동정 어린 시선으로 그를 바라보더니 지폐 몇 장을 쥐어주면서 말했다.

"이걸로 옷을 사 입던지, 차를 타고 집으로 돌아가시오."

그러나 강도를 당한 남자는 그의 도움을 뿌리쳐버렸다.

"당신의 도움 따윈 필요 없소!"

"……?"

얼마 후 또 다른 행인이 나타났고, 남자는 다시 그에게 도움을 청했다. 사정을 듣고 난 행인이 말했다.

"오, 듣고 보니 참 안됐구려! 근데 당신을 도와주고 싶어도 난 지금 굶고 있는 내 자식들을 먹여 살리느라 시간이 없소이다. 하지만 당신이 약간의 돈을 지불한다면 시간을 내어 1킬로미터 밖에 있는 수도원까지 데려다줄 수는 있소."

"옷까지 다 빼앗겼는데 무슨 돈이 있겠소? 그냥 갈 길이나 가시오!"

남자는 그 행인도 거절해버렸다.

그때 말을 탄 사람이 다가왔고, 남자는 그에게 희망을 걸고 자신이 당한 고초를 털어놓았다. 그러자 말 위에서 묵묵히 이야기를 다 듣고 난 남자는 한동안 고민하다가 말했다.

"꼬박 하루 동안 말을 타고 달려왔더니 말이나 나나 당장 쓰러질 지경이오. 그래서 말을 빌려줄 수도 없고…… 하지만 난 어떻게든 당신을 돕고 싶소. 그러니 함께 내 말을 타고 가는 건 어떻겠소?"

"됐소. 그 기운도 없는 말에 나까지 올라타면 뭐가 되겠소?"

찬바람이 거세졌고 강도를 당한 남자는 사시나무처럼 몸을 떨었다. 비록 몇몇이 돕겠다는 뜻을 내비쳤지만, 이제 그는 자신의 힘으로 대책을 강구해야 한다고 생각했다.

그런데 바로 그때 맞은편에서 무거운 짐을 둘러멘 사람이 걸어오고 있었는데, 언뜻 보기에도 별다른 도움이 안 될 것 같아 말조차 건네지 않았다. 그런데 바들바들 떨고 있는 남자를 발견한 그 행인은 멀리서부터 짐을 벗어놓고 뛰어왔다.

"무슨 일인지는 몰라도 도움이 절실해 보이는군요. 괜찮다면 내 등에 업히시오. 우리 집으로 가서 몸부터 녹이고 옷도 좀 챙겨 입도록 합시다."

강도를 당한 남자가 물었다.

"당신의 저 짐들은 어떡하고요?"

"지금 그런 게 문제요? 사람부터 살려놓고 봐야지! 자, 어서 업히시오!"

말을 마친 그 행인은 남자를 들쳐 업고 뛰기 시작했다.

***

누군가가 절실히 도움을 필요로 할 때, 사람들은 생각만 할 뿐 실제로 선행을 베풀기란 무척 힘들다. 그것은 오직 아무런 사심 없이 진정한 미덕을 갖춘 사람만이 가능한 일이기에!

겉옷을 벗다

어떤 여사원이 별다른 이유도 없이 회사로부터 일방적인 해고를 통고받았다. 힘없이 공원 벤치에 앉아 있는 그녀에게는 세상의 모든 일이 암담하고 무미건조하게만 느껴졌다.

그런데 아까부터 벤치 뒤쪽에서 그녀를 쳐다보며 키득거리는 남자 아이가 있었다. 그녀가 그 아이를 향해 인상을 찌푸리며 물었다.

"얘, 뭘 그렇게 웃니?"

"그 벤치, 방금 전에 페인트칠을 한 거예요. 누나가 자리에서 일어나면 어떤 모습일지 궁금해서요."

아이의 그 말 한마디가 문득 그녀의 머리를 쳤다.

'회사의 야박한 동료들도 저 아이처럼 뒤에서 내 패배와 낙담한 꼴을 손가락질하며 키득거리겠지? 안 돼! 내 자존심을 그렇게 구겨버릴 순 없어! 그 못된 수작들을 그냥 당하고만 있진 않을 거야!'

그녀가 갑자기 한쪽을 가리키며 아이에게 말했다.

"저기, 저 사람들 좀 봐! 와! 날리는 연이 엄청나다!"

물론 거짓말이었다. 남자아이가 깜박 속았음을 눈치채고 다시 고개를 돌렸을 때 그녀는 이미 페인트 묻은 재킷을 벗어 손에 들고 있었다. 안에 받쳐 입은 진주빛 블라우스가 그녀를 한층 더 생기발랄하게 해주었다.

그녀가 아이에게 '메롱' 해 보였고, 아이는 멋쩍다는 듯 손을 홱 젓더니 똑같이 입을 삐죽거리고 가버렸다.

***

살다 보면 실망스런 일을 겪게 마련이다. 이미 엎질러진 물이라고 낙담하지 말고 겉옷을 벗어버려라. 그리고 이제 막 새로운 출발이 시작되었음을 선포하라!

왜 들어가보지도 않는가

옛날 허허로운 벌판에 견고한 성채가 하나 있었는데, 그 안에 무엇이 있는지는 아무도 알지 못했다. 그저 성채에 대한 아름다운 전설만 떠돌 뿐이었다.

하루는 한 청년이 용기를 내어 그 성채의 유일한 출입문 앞까지 다가가보았다. 성문 앞에는 흉물스런 거인이 떡하니 버티고 서 있었다. 청년이 조심스레 물어보았다.

"저…… 안이 궁금해서 그러는데, 들어가봐도 될까요?"

문지기가 말했다.

"물론이지. 그러나 모든 건 자네 하기에 달렸다네. 안에는 통과해야 할 문도 많고, 그 문마다 나 같은 거인이 지키고 있으니까 말일세."

청년은 한참 동안 고민하다가 그냥 돌아서고 말았다.

이튿날에도 성문 밖에서 기웃거리던 청년은 흉물스럽게 생긴 그 거인을 떠올리고는 겁부터 집어먹고 다시 돌아서고 말았다. 사흘

뒤에도 그는 또 성문 밖을 서성거렸지만 거인의 무표정한 얼굴과 마주하고는 역시 돌아서고 말았다.

그렇게 해가 가고 달이 차올랐다가 저물었다. 청년은 이제 백발이 성성한 늙은이가 되도록 여전히 그 성곽 밖을 맴돌고 있었다.

그 늙은이가 거의 죽어갈 무렵, 여전히 성 밖에서 기웃거리는 그를 바라보며 문지기가 통탄했다.

"수십 년을 문밖에서 기웃거려왔으면서 왜 한 번도 안에 들어가 보지 않는단 말인가!"

***

모든 일은 시작이 어렵다고 한다. 첫걸음을 뗀다는 건 정말 쉬운 일이 아니다. 성공하지 못하면 대미지가 심하고 자칫 웃음거리가 될 수도 있으니까.

그러나 왜 누가 뭐라고 하던 자기 갈 길을 가지 못하는가! 만약 청년이 성문 안으로 한 발짝이라도 들어설 용기를 냈다면 새로운 세상이 열리지 않았을까?

희망이 있으면 절망과 실망의 위험도 따르게 마련이다. 시도했다가 패배의 쓴맛을 맛볼 수도 있다. 하지만 아무것도 시도해보지 않고 무슨 성취를 바랄 것이며, 어떻게 지금보다 더 나아지기를 희망하겠는가!